La rovina

Angiolo Silvio Novaro

La rovina

Angiolo Silvio Novaro

A LAURA BUTTA

Io vidi già una gocciola di rugiada tremare, sospesa a un ramo, pari a una lagrima di piacere, prima di cadere in grembo all'erba.Così vedo tremare, sospeso a queste pagine, un iridato pensiero di amore, prima di cadere in grembo a Te!

IL COMMIATO

- Un racconto che m è costato sangue, - egli disse. - Ogni parola, una goccia di sangue.

Io lo guardai, con un moto istintivo di repugnanza; ed ebbi ancora la stessa penosa impressione di un'ora prima; quando ci eravam messi a tavola, e Giuseppe era entrato ad accendere il gas. Allora m'avevan colpito le occhiaie incavate e livide, e quello splendore insolito degli occhi che contrastava sinistramente col gran pallore del volto consunto e l'aria stanca e sofferente.

Io non osai parlare.

E il silenzio acuì l'oscuro senso di disagio a cui soggiacevo.

Ma un minuto dopo entrò Giuseppe col caffè, e depose il vassoio dinanzi a lui.

Poi ch'egli stesso mi porse la tazza, m'accorsi che la mano gli tremava. Anche notai, con inquietudine, ch'egli chiese il cognac.

- Non ne prendi mai, - gli dissi timidamente. - Cos'è?

- Una sciocchezza, - rispose sorridendo, mentre avvicinava il bicchierino alle labbra.

Appena Giuseppe fu uscito, gli feci:

- Cos'hai?

Egli rialzò la faccia su cui moriva l'ultima traccia del sorriso; mi fissò con quegli occhi che brillavano, e rispose:

- Voglio scacciar questo po' di languore.

Poi, avvedendosi forse del turbamento che mi teneva, soggiunse:

- Ti fo paura? Un poco fa mi son visto nello specchio, e mi son fatto paura a me stesso. Eppure non mi son mai sentito forte così!

Queste parole mi agitarono.

- Lèggimi, - gli dissi, - il tuo racconto, se stasera non esci.

- Te lo leggerai tu domani.

- Perchè domani? - feci io rabbrividendo.

Egli abbozzò un sorriso.

- Allora dimmi il soggetto! - incalzai.

E lui:

- Abbi pazienza! Una notte è forse l'eternità?

Deluso e costernato, io pensavo.

Durante quegli ultimi otto anni che, scomparsa la povera mamma, noi avevam seguitato, nella solitudine e nel silenzio del nostro èremo, a coltivar l'Arte che adoravamo, noi eravam vissuti in una quasi perfetta comunanza di vita intellettuale e morale. Con effusione e con abbandono ci eravam scambiati tutte le nostre sensazioni, tutte le nostre idee, tutti i nostri affetti. Avevam guardato l'uno nell'anima dell'altro come attraverso alle acque d'un limpido lago. - Ma per ciò che riguardava la nostra attività artistica, la comunanza era stata assoluta. - Prima di metterci a qualche nuova opera - egli a' suoi romanzi, io a' miei quadri - ci eravamo aperti, trepidando, il nostro disegno, ed avevamo insieme combattuti i dubbi, svelte le esitanze, sofferte le ansie e le angosce, e gustati i piaceri, le gioie, i rapimenti che ne accompagnavano l'esecuzione. Ci eravam sorretti e consolati e fortificati a vicenda. Era stata questa una delle più profonde dolcezze della nostra vita di artisti. E non senza una soave commozione avevam visto da altri porre in luce e notare come cosa toccante la vicendevole influenza, che nelle nostre opere si scorgeva, delle nostre dissimili nature.

Solo da qualche tempo il miracolo era cessato. Mio fratello aveva bruscamente rotta e sconvolta l'atmosfera in cui respiravamo. S'era fatto cupo e taciturno; e, quasi insofferente degli antichi legami, s'era sciolto e allontanato da me.

Più che accorarmi, sulle prime questo fatto m'aveva urtato e sdegnato come un'offesa immeritata. Ma, appena l'afflitto aveva, con l'acutezza del suo intuito, trapelato il mio sdegno, s'era in mille modi adoperato per mostrarmene tutta la irragionevolezza, e dissiparlo. Aveva, per un momento, sorriso; s'era effuso in dimostrazioni così spontanee, così candide e delicate di affetto, che io n'era subito rimasto vinto e confuso. Era di nuovo entrato, dopo lunghe assenze, nel mio studio; s'era fermato estatico dinanzi a certe mie nuove tele: aveva risalutate le antiche con lo stesso vergine entusiasmo d'una volta.

Ciò m'aveva intenerito, sollevato e abbattuto ad un tempo, persuadendomi che il cuore di mio fratello era immutato per me, e che quella profonda alterazione avvenuta nel suo spirito doveva avere una troppo seria e dolorosa ragione.

Io avrei dato tutto quanto possedevo per poter penetrare in fondo alla cara anima chiusa, e scoprire e toccare con mano la gran piaga che vi doveva essere aperta; e medicarla. - Senza posa io mi affaticava intorno alla scorza di quel duro enigma. Spiavo ogni atteggiamento, ogni moto del desolato; e da ogni parola sua mi studiavo di trarre un qualche senso riposto, quasi un filo da afferrare che mi guidasse per entro il laberinto.

Ma come un cieco brancolavo nel buio, vanamente, disperatamente.

Il primo sospetto che mi s'affacciava era ch'egli soggiacesse a uno di quei fieri scoramenti che spesso assalgono l'artista a mezza via; lo colpiscono al cuore, lo stramazzano al suolo, e ve lo lasciano esangue, quasi esanime. Qualche volta il colpo è tale che il misero, dibattendosi in una tragica agonia, soccombe. Altre volte, raccogliendo in un supremo atto di volontà le sue povere forze, egli riesce a rialzarsi e a proseguir sorridente il cammino. Ma sempre una riga di sangue rimane a segnarne la traccia....

In verità, da quando s'era incominciato a rabbuiare, mio fratello non m'aveva parlato più mai della sua arte, nè dei suoi studi, nè de' suoi progetti.

Non aveva più mai presa l'iniziativa d'una di quelle violenti discussioni o letterarie o artistiche o filosofiche ch'egli soleva ricercare avidamente, e nelle quali metteva tanto impeto, tanta gagliardia di passione, e tanta voluttà. - Quando io m'era attentato di chiedergli cosa stesse architettando di bello, m'aveva risposto:

- Sonnecchio! - con un sorriso senza luce che mi aveva stretto il cuore.

Eppure come mai? Come crederlo disanimato proprio allora che l'Arte gli offriva tutte le sue rose sorridendo, e il successo lo innalzava agli occhi del mondo e gli spianava la via? - Incontro al Sole, l'ultimo suo romanzo, non era stato acclamato dalla critica italiana come la più originale e forte opera letteraria dell'ultimo decennio? E un gran giornale francese non aveva testè chiesto per le proprie appendici Cristiana, la novella ch'egli aveva stampata otto anni prima da un oscuro editore, mentre, incerto ancora, tentava i primi passi?

Evidentemente adunque io era fuori di carreggiata!

E mi toccava rifarmi da capo. - E immaginavo una passione d'amore: una di quelle passioni che investono come un fulmine una esistenza, e l'incendiano e la riducono in cenere. Oppure una di quelle passioni che s'infiltrano lentamente nell'anima come un veleno, a goccia a goccia; e la scavano, la rodono, la consumano nell'oscurità e nel silenzio.

Ma la mia povera testa qui si smarriva. I ferri aguzzi delle mie indagini si esercitavan nel vuoto. - Poichè il più fitto velo circondava la vita intima di Pietro; e i pochi fatti esteriori emergenti a' miei occhi e che, logicamente coordinati, avrebbero dovuto sprizzare una luce improvvisa gettandola per entro alle cavità del segreto, erano di per sè altrettanti enigmi i quali concorrevano ad esacerbare lo stato d'incertezza in cui io viveva sospeso e mi dibatteva.

Egli aveva incominciato con lo spezzare l'antica consuetudine delle concordi passeggiate notturne, - uscendo dopo cena da solo, e scendendo giù al paese, invece di seguitar per lo stradone, come un tempo, la dilettosa salita.

Qualche volta anche era rientrato a notte molto inoltrata.

Io l'avevo aspettato sotto il mandorlo, immobile, ascoltando i lievi murmuri della vallicella nel silenzio, e osservando i giuochi di luce e d'ombra della luna tra le piante, che rischiarava come un sole il giardino e il terrazzo, dall'alto del suo azzurro.

Al giungere di lui avevo finto di risvegliarmi improvvisamente, quas'io mi fossi dimenticato là sul sedile, sorpresovi dal sonno. M'ero levato, e gli ero andato incontro fregandomi gli occhi.

«Ancora qui?» m'aveva detto lui. E nulla lo aveva tradito: nè il tono della frase, nè uno sguardo, nè un gesto.

In sèguito, a settembre, aveva fatto una gita a Napoli, a rivedere - m'aveva detto - alcuni amici della prima giovinezza. - Io l'avevo accompagnato a Genova; ero salito con lui sul vapore, e v'ero rimasto fino alla partenza, sperando sempre di potermi decidere a muovergli quell'unica domanda che mi premeva il cuore come un macigno. Ma all'ultimo momento m'era mancata la forza. Ero disceso nella lancia con un nodo nella gola, ed ero rimasto là ritto, a sventolar il fazzoletto, mentre il vapore tra le lagrime fuggiva.

Una sola volta dopo d'allora m'ero creduto di poterlo riabbracciare guarito. Ed era stato quando da Genova m'aveva scritto una lettera di fuoco per narrarmi tutta la fascinatrice bellezza d'una Idea di Umanità e di Giustizia che gli si era improvvisamente rivelata; e le maravigliose visioni che da lei discendevano, e i sovrumani ardori di battaglia ch'essa gl'infondeva nel sangue.

Ma rivederlo due mesi appresso era stata una cosa immensamente triste, per me. Dei fili d'argento erano spuntati in mezzo al nero velluto della sua capigliatura; un pallor terreo aveva trasfigurato il suo volto, e un fosco velo era calato su quegli occhi ove non ardevan più gli antichi lampi.

Io m'ero ancora sforzato di comprimere e soffocare il traboccante affanno; col cuore attanagliato avevo ancora sorriso: avevo sostenuto impassibile la tortura di que' lunghi silenzi carichi di cose oscure, malaugurose, schiaccianti. - Ma un mattino ch'egli era uscito dicendo a Giuseppe che tornerebbe solo per mezzodì, m'ero risoluto ad un passo estremo. Ero penetrato nel suo studio, e m'ero messo a rovistare, a cercar febbrilmente sulla scrivania, fra le carte e fra i libri che la ingombravano. Avevo aperta la cartella ov'egli custodiva la corrispondenza; e avevo letto, con la faccia in fiamme, tutte le lettere, tutti i viglietti. - E poiché non avevo trovato nulla, nemmeno l'ombra d'un vestigio, nemmeno l'ombra d'un indizio, m'ero lasciato cadere sul seggiolone, affranto. Avevo atteso lui per dirgli, supplichevole: «Vedi a che mi costringi?» - Egli aveva negato, aveva protestato che nulla mi nascondeva, pallido come un cencio. «Sul nome della povera mamma» io aveva incalzato, «me lo giureresti?» Allora egli s'era smarrito; aveva balbettato, a capo chino: «Son scivolato nel fango. Mi sono avvoltolato nel fango. E non mi levo più!»

Povero Pietro! La sua mano brancicava convulsa sulla scrivania quelle carte, quasi fossero fango; e non se ne poteva staccare. - Ed io avevo preso quella mano, e l'avevo serrata forte nelle mie. «Perdonami!» avevo singhiozzato. - Ed ero fuggito.

Dieci giorni appena eran passati da quella scena: e mi parevan cent'anni. - Avevo sempre aspettato lo scoppio definitivo con quel nascosto violento affanno con cui si aspetta, sotto un cielo saturo di elettricità, l'esplosione del temporale.

«Che sia questa l'ora?» mi domandavo adesso, tutto sbigottito.

E non osavo rispondermi.

- Abbi pazienza! - aveva detto lui. - Una notte è forse l'eternità?

Ma io non potevo più reggere a quell'ansia occulta. Impazientito insorsi:

- Che gusto sfruttare la curiosità fino a questo punto!

Egli ebbe un sorriso tenue, appena percettibile, che aumentò il mio affanno.

- È una crudeltà! - rincalzai.

E poi ch'egli seguitava a tacer sorridendo, mi detti a implorare, come un mendico:

- Il titolo, almeno!

Allora vidi l'impronta di sofferenza ch'ei portava sul volto, acquistare - quasi alla luce d'un lampo - una evidenza lacerante. - Nel gran pallore egli proferì:

- La Rovina.

- Lo sapevo! - scattai, involontariamente, meravigliandomi tosto della mia esclamazione, poichè in verità io nulla sapevo.

Si udiva nel silenzio lo stridore delle ruote d'un carro per lo stradone, e lo schiocco d'una frusta, fastidioso e insopportabile anch'esso.

D'un tratto una raffica di vento irruppe, impetuosa. Le rame del mandorlo, che incorniciavan la finestra, sussultarono. Le tende si gonfiarono. L'uscio, dietro a noi, ch'era rimasto aperto, sbattè forte.

Subito io mi levai. Chiusi l'uscio, chiusi la finestra; e mi soffermai un istante presso i vetri a guardar gli olivi travagliati dal vento e ad ascoltar la voce collerosa del mare che s'era repentinamente destato nel buio laggiù.

Come mi voltai a riprendere il mio posto, rividi lui immobile, con gli occhi bassi e una mano distesa sulla mensa accanto a un mucchietto di briciole.

La fiamma del gas, improvvisamente scemata, rendeva una luce assai povera, sotto la quale il quadro diventava tetro.

Preso da una grande inquietudine, io ruppi:

- Si spegne il gas, non te ne accorgi?

Egli levò la fronte, lento, a guardare, senza far motto.

(Che strazio riconoscere che non se n'era accorto!)

Fuori il vento fischiava, ululava. Il mandorlo si dibatteva forte, nel tormento: si curvava a' vetri, accennava, picchiava, supplice.

E la luce moriva.

E Pietro non si moveva, non si commoveva; teneva ancora gli occhi bassi e la mano scarna allungata in mezzo alla mensa.

Incapace di reggere quello strazio, mi slanciai all'uscio, l'apersi e gridai:

- Giuseppe, una candela!

Ma era tardi.

Un sibilo acuto, lamentoso, prolungato come il rantolo di un morente; - e la tenebra, la paventata tenebra ci avvolse.

Senza respiro, col cuore che mi martellava, io stetti, - aspettando che la riga gialla sul pavimento appiè dell'uscio annunziasse la luce.

Quando Giuseppe entrò con un mozzicone di candela e lo posò sulla tavola, apparvero sulle pareti le nostre ombre, mostruose.

- Ancora una candela! - ordinai, agitato da quella vista.

E fu portata un'altra candela; e la stanza si riempì di luce.

Allora Pietro mi guardò rischiarato, quasi rasserenato anch'esso. Poi, subitamente accendendosi, mi fece:

- Vuoi un soggetto di quadro? Un soggetto semplice e grandioso insieme? - Immagina. Una nobile figura d'uomo su cui or ora s'è posata l'ala della morte. Giace supino sul suo bianco letto: le braccia lungo i fianchi, e le mani distese in un dolce atto di riposo e di calma. Il viso, che la morte non ha deformato nè contratto nè oscurato, è ancora fresco, ancora roseo. Vi è sopra diffuso come un pacato splendore, lo splendore d'una luce interiore immensamente pura. Poichè qui, intorno all'Immacolato, tutto è mondo, tutto candido, tutto puro. Anche il lino del letto, anche la luce che inonda la stanza, anche l'aria mattutina che entra per la finestra spalancata, anche l'orizzonte laggiù su cui s'inarca il concavo azzurro. La morte, così, l'esecrata morte non ha più nulla di ributtante, di osceno, di orrendo. Nulla. È il riposo dopo compiuta la giornata di lavoro: una giornata piena di nobili, generose, feconde fatiche; e soprattutto piena di candore. - Intendi? - Devi far questo quadro. Promettimi che lo farai!

A stento io abbozzai un sorriso e annuii.

Allora egli mi tese quella mano scarna.

- Giuralo sul nome dei nostri poveri morti!

Ed io strinsi quella mano; e giurai, con un brivido.

- Se tu sapessi, - riprese lui dopo una breve pausa, - se tu sapessi come detesto tutto quanto ho scritto fino a ieri! Come ne ho rossore, sdegno, ira!

- Ciò significa semplicemente - diss'io - che la tua arte si rinnoverà!

- Ahimè! Cos'è dunque stata l'Arte per noi fino a ieri? - Un trastullo ozioso, sterile, inutile. Cos'è che l'ha scaldata e l'ha vivificata? Cos'è che l'ha innalzata? - E noi, che cosa abbiamo noi fatto? Come impazzati, come disperati siam corsi dietro un fantasma, una vana ombra che sapevamo di non poter mai raggiungere nè afferrare. Ed intanto avevamo un'anima. Ci siam noi curati di purificarla e di nobilitarla? Avevamo un ideale di perfezione morale. Ci siam noi studiati di seguitarlo e di esaltarlo agli occhi di tutti? Avevamo un ideale di Civiltà e di Giustizia. L'abbiamo noi predicato? Ci siam noi sforzati di apparecchiarne il trionfo nella coscienza della Umanità?

Oh se fosse possibile, se fosse ancora possibile tornare indietro con l'innocenza e la vergine forza d'allora!

- E perchè non dovrebb'essere? - obiettai guardando angustiato il suo viso su cui un gran fuoco s'era diffuso.

Ma egli non rispose: o forse non udì nemmeno. Si alzò, quasi con uno strappo, si avvicinò alla finestra, e stette un istante curvo dietro i cristalli, mentre le prime grosse gocce di pioggia vi crepitavan sopra, e la rabbia del vento assumeva una straordinaria veemenza.

Poi voltandosi ruppe:

- Povere moribonde razze latine! Guarda come il Nord con le vaste ombre de' suoi colossi ne ricopre l'agonia! E che sconsolata, che turpe agonia!

Io era come colui che nel sogno avverte un tenebroso pericolo che gli striscia alle spalle, e invano s'affanna a difendersene. Vorrebbe fuggire, e le gambe, di piombo, lo inchiodano su quel palmo di suolo. Vorrebbe alzar le braccia per agitarle - e le braccia non gli obbediscono più. E rimane così, immoto, agghiacciato di terrore, aspettando il colpo fatale che già vibra nell'aria.

D'un tratto parvemi che si soffocasse, in quell'aria chiusa e pesante. Balzai in piedi e volli aprir la finestra. Ma il vento irruppe, furibondo. Sollevò alte le tende, agitò e sconvolse le fiammelle delle candele, fischiò attraverso le fessure dell'uscio, e versò dentro un torrente di pioggia.

- Maledizione!

Richiusi dispettosamente, e chiamai Giuseppe, e ordinai il soprabito per uscire.

Avevo temuto che Pietro osservasse:

- Sei pazzo con questa sera d'inferno? Io non esco.

Invece si levò per accompagnarmi; e ciò mi procurò un indicibile sollievo. Dopo d'essermi soffermato a rimirarlo mentre s'avvolgeva nel suo mantello e s'accendeva una sigaretta, sentii con un secreto fremito di gioia il suo braccio che passava attorno al mio e vi si attaccava.

- Coraggio! - mormorò lui sulla soglia, quasi a sè stesso, come vide aperto l'unico ombrello. E un giocondo sorriso lo illuminò.

Nel fitto buio il vento ci salutò con un fiero assalto. La pioggia ci investì, ci sferzò, ci inondò.

- È tremendo - gridò Pietro con accento ilare.

E mi fece abbassar l'ombrello per riparar meglio la pioggia obliqua, e mi raccomandò che badassi a' piedi, per non isdrucciolare. Ce n'era infatti bisogno, scendendo la lunga scala di mattoni che allacciava il terrazzo al piano inferior del giardino, poichè l'acqua improvvisa e abbondante non trovando sufficiente sfogo nelle docce del terrazzo si precipitava per essa come in un fossato.

I miei piedi eran già tutti immollati, quando toccammo il fondo; tuttavia non mi passò nemmen per il capo l'idea di tornare indietro. Era così dolce, così commovente, così consolante tutto ciò!

Nell'affacciarci fuori del cancello ricevemmo un altro formidabile saluto. Qui il libeccio, libero da ostacoli, imperversava come mille diavoli scatenati. E il mare laggiù, sotto la rupe, rombava con un fragore immenso.

Un po' di paura colse me a' primi passi per lo stradone.

- È una pazza impresa! - gridai. - Vieni via!

- È magnifico! Avanti!

Io m'accontentai di serrar più forte il suo braccio al mio fianco.

Ma d'un tratto egli s'arrestò con un grido, si voltò indietro tendendo il braccio verso quel pezzo di strada che il fanale del cancello rischiarava: e nella luce tremolante m'additò un oggetto nero che scappava come una freccia, rotolando nella mota.

- Il mio cappello! - gemette. E gli si lanciò dietro correndo.

Io rimasi a guardarlo fino a che non lo raggiunse piantandovi sopra un piede con una voce vittoriosa.

Le gran risate, allora! Il cappello tutto lordo e malconcio; il vestito inzuppato e inzaccherato da cima a fondo - un vero orrore!

- Via presto per carità! A momenti ho tutta l'acqua nell'ossa! - supplicava ora lui. E crollava le braccia, per iscuoter la pioggia; e rideva, d'un riso fresco e spensierato di adolescente che innamorava.

Poi a Giuseppe che s'ingegnava alla meglio di rasciugarci, raccontò la storia, rabescandola di particolari.

Che felicità!

Il gas splendeva di nuovo nella sala. La faccia di Pietro s'era spianata; ed il vecchio servo pendeva ancora dalle labbra di lui con lo sguardo rilucente di attenzione e di devozione affettuosa.

Per questo io non mi meravigliai udendo:

- Datemi ancora un po' di cognac. Sono tutto gelato!

Bisognò che mi cadesse sotto gli occhi il bicchierino ricolmo, e quella mano esangue che s'allungava tremando, perchè un nuovo soffio d'inquietudine passasse sulla mia anima e la increspasse.

Ma egli si rizzò.

- Avrai tu voglia di leggere? - mi chiese a bruciapelo, prima di allontanarsi.

Vedo ancora il suo sorriso ambiguo presto dileguato, soggiaccio ancora adesso a quel pauroso smarrimento che mi prese allora, quasi io mi fossi, per un attimo, affacciato a un abisso.

- Che significa questo? - esclamai, fissandolo, nella vertigine.

Egli rise un'ultima volta.

- Gli sprazzi del cognac!

E mi prese la mano, e me la strinse come in una morsa.

Oh perchè se io ebbi in quel punto il presentimento della catastrofe e l'istintivo impulso di cacciarmegli dietro e abbrancarmegli alle ginocchia gridando: «Non ti lascio più!» - perchè non mi mossi?

Come impietrato stetti a sentirlo salire su per le scale, e aprir l'uscio della camera, e richiuderlo con dolcezza. Poi, come ogni rumore fu cessato, nell'ansietà del silenzio, mi feci da Giuseppe portare i giornali illustrati, e mi misi a sfogliarli, per distrarmi.

Fu forse dopo dieci minuti che scoppiò l'orribile tuono.

Giuseppe, che stava ordinando le seggiole, levò la faccia pallida, gridando:

- Ohimè cosa succede?

Ah il terror cupo di quella corsa nell'oscurità! E il raccapriccio mortale di quella vista! Lo squarcio nero della ferita dietro l'orecchio, il sangue, il vivo sangue che colava a lordare il cuscino e il lenzuolo; e quel roco lamento che gli usciva dalla bocca bavosa; e quell'occhio, soprattutto quell'occhio spalancato, fisso nel vuoto, vitreo!

Io non ebbi, subito, la forza di far nulla. Con le mani nei capelli, pazzo, giravo per la stanza supplicando Giuseppe che facesse presto, per carità, che prendesse questo e quell'altro, che non me lo lasciasse morire. Poi tornavo a lui. Posavo il candeliere a terra accanto al braccio che spenzolava fuori dell'orlo del letto, inerte; e chiamavo «Pietro! Pietro!», tra le lagrime. Ma egli non udiva. Non moveva quel braccio, non moveva quell'occhio, quell'afflittissimo occhio sbarrato.

Alfine tolsi dalle mani di Giuseppe le strisce di tela ch'egli aveva preparate; e mi curvai sul misero, e fasciai, tremando da capo a piedi, la ferita; e sentii nelle mie mani cadere e scorrere alcune gocce di sangue.

- Presto il dottore! - supplicai appena terminato.

Ma il pensiero di dover rimanere una mezz'ora lì nella casa abbandonata, flagellata dalla pioggia e dal vento; ed in quella camera, a quella luce fioca, davanti a lui, a mio fratello che agonizzava, - mi riempì di spavento.

- Dal dottore vado io! - proruppi.

E uscii.

E ridiscesi, ancora sotto la pioggia molesta la scala del giardino; e passai un'altra volta sotto a quel fanale ove mezz'ora dianzi egli s'era chinato a raccattare il cappello ridendo. E mi misi a fuggire con un brivido nella schiena, udendo alle mie spalle riecheggiare la lugubre risata.

Così raggiunsi il paese, attraversai la piazza allagata e deserta, mi internai per la stretta via bieca, e salii, trafelato, sfinito, a battere a quell'uscio.

- È mio fratello che muore! - proferii dinanzi alla vecchia che mi si presentò. - Dite al dottore che s'è ferito con un'arma da fuoco. Che non perda un minuto, per carità!

Ella andò; ed io rimasi lì solo, nell'ombra, appoggiato al muro, ad aspettare. E rividi la scena con una evidenza violenta. Chiusi gli occhi, raccapricciando. E rividi ogni cosa ancora. Il sangue che lordava il cuscino e gocciolava giù per il lenzuolo; lo squarcio della ferita nera, orrenda; e quell'occhio, quell'occhio soprattutto, spalancato, immobile, vitreo. Ed allora si rinnovò in me la mostruosa impressione che m'aveva percosso in cospetto del suicida. - Mi pareva che non quella mano, quella piccola mano innocente che spenzolava fuori del letto avesse vibrato il colpo e fatto l'atroce scempio: ma veramente una gigantesca mano nascosta nella tenebra e obbediente a una terribile arcana potenza vendicatrice.

Ma venne il dottore con un silenzioso saluto a liberarmi.

Muti scendemmo le scale, muti ci avviammo su per lo stradone: egli col solito suo passo tardo indolente: io costretto, fremendo, a frenare il mio che s'affrettava.

Pure svoltammo, lassù; e scoprimmo il fanale, e la macchia biancastra della villa, e la finestra illuminata e sconsolata.

Al nostro apparire Giuseppe che stava seduto appiè del letto si alzò e guardò verso noi come un reo che si lascia sorprendere.

Senza una parola, senza un cenno, senza respiro io tolsi il candeliere e lo levai alto perchè il dottore potesse esaminar la ferita. E, pur combattendo dentro di me, gettai un'occhiata sul sofferente; e osservai e conobbi la profonda alterazione avvenuta ne' suoi lineamenti. Soffocato dall'angoscia, avrei voluto gridare: «È questo mio fratello?»

Ma d'improvviso mi parve che quell'occhio, rispondendo a un mio sorriso velato di lagrime, si animasse e mi fissasse con una espressione di rimprovero e di dolore così intensa, così acuta, così lacerante, ch'io non potei sostenerla. Lasciai cader nelle mani di Giuseppe il candeliere, e mi cacciai in un angolo, col fazzoletto alla bocca.

Un secolo rimase il dottore curvo in quell'atto.

Quando si fu rizzato ed ebbe consegnata a Giuseppe la ricetta, io lo cercai con uno sguardo, muto, per interrogarlo, Ma egli tacque. Si postò appiè del letto volgendomi le spalle, e non si mosse che al ritorno del servo per predisporre l'occorrente alla lavatura e alla fasciatura della ferita. Alfine aperse il suo astuccio di cuoio nero, e ne cavò un oggetto che scintillò.

Come io vidi sotto il rasoio recisa cadere e ruzzolar giù pe 'l lenzuolo la prima ciocca di capelli, quella bella ciocca nera che soleva recingere l'orecchio del suicida, mi copersi la faccia, con le mani, e mi rifugiai nell'anticamera, pazzo di dolore.

- Assoluta quiete, assoluto riposo, - venne a raccomandarmi il dottore prima di licenziarsi. - Nulla, presso l'infermo, che possa turbarlo. Sarà bene che anche lei si allontani.

Nello stringergli la mano raccolsi le mie misere forze per dimandargli:

- Posso sperare, dottore?

Egli rispose che il caso era assai grave, ma che sarebbe imprudenza avventurare un giudizio. Bisognava aspettare fino al mattino per decidere sull'opportunità di tentare un'operazione.

Pietrificato io ristetti sull'uscio a guardar gli strappi di azzurro aperti fra i nuvoloni che posavan solenni dietro le cime degli olivi rese immobili anche esse dalla calma sottentrata al furore dell'uragano.

Ma a grado a grado uno straordinario languore m'aveva invaso.

Non mi restava che salire nella mia camera, e abbandonarmi sul letto, annichilito dal pensiero di quelle otto ore di attesa.

E montai, e m'abbandonai.

Ma quella positura m'era insopportabile. Mi fu forza levarmi; e aprire, spalancar la finestra, e mettermi a passeggiar su e giù per la stanza.

Un supplizio.

A ogni istante mi strascinavo nell'anticamera in punta di piedi, e mi affacciavo, trattenendo il respiro, di sulla soglia.

E improvvisamente trafitto da quello spettacolo mi discostavo, e me ne tornavo disperato, perduto, alla mia finestra, a guardar la fiamma del fanale che oscillava sinistra in faccia all'entrata del giardino, e a riudir la voce del mare che avventava di laggiù implacato le sue fastidiose rampogne e i suoi funesti presagi.

Una volta, una sola volta la stanchezza ed il sonno mi vinsero.

E fu allora, nella dubia luce dell'alba, ch'io mi riscossi, e riconobbi la testa di Giuseppe che pendeva sulla spalliera della mia seggiola, - e intesi dalla sua bocca l'orribile frase.

Io avrei ben voluto dissolvermi.

E dovetti, sanguinando, attaccarmi al braccio di Giuseppe, e accorrere, e assistere all'agonia. Ascoltare una voce che nulla più aveva di umano, guardar la bocca nera, spalancata, gli occhi appannati, stravolti, da cui fuggiva l'ultima luce; e prendere tra le mie l'esile mano disfatta, - e sentirla fredda, nelle mie, come una pietra.

Finchè la Morte, l'atra Morte esecrata entrò, con un corteo di brividi.

Io la guardai, pieno di orrore e di pianto, mentre tutte le rose falciate le cadevano a' piedi.

Poi guardai, pieno di odio, la Vita.

Oh con che senso di velenoso disgusto sul mattino intesi il canto improvviso d'un gallo rompente nella chiara serenità come un inno alla luce, e alcune voci umane che si ripercotevan da un poggio all'altro, in grembo all'aria sonora, come festevoli saluti!

Più tardi anche i passeri sul tetto, allegri, garrirono, in coro.

E sopra Porto Maurizio e sopra i monti si posò, come una carezza che ardesse di passione, il sole.

E l'azzurro arrise, chino su quelle vette.

Ma io non osava chinarmi in fondo a me.

Quasi in un cerchio di fiamma viva, mi serrava la frase della vigilia:

Ogni parola, una goccia di sangue.

Passai davanti all'uscio dello studio con un brivido nella schiena, e scesi giù a precipizio, ed uscii nel giardino, per isferrarmi da quel cerchio.

In ogni luogo il vento e la pioggia avevan lasciate le loro tracce.

La facciata della casa era livida. Il vecchio rosaio che, pur indugiandosi ad avviluppar l'inferriata a pianterreno sull'angolo di ponente, saliva, carico di rose, fino a sfiorar con le ultime rame tenere un davanzale dell'ultimo piano, - era sbattuto e sconvolto. Le rose, spampanate e quasi distrutte, portavan fra i petali arrovesciati ancora qualche segreta lagrima. - All'altro angolo il mandorlo, spogliato de' suoi fiori, spenzolava mesto un grosso ramo spezzato. I nivei fiori, parte giacevan disseminati appiè dell'albero, parte lunghesso la balaustrata, e parte si cullavan, co' petali delle rose, in mezzo alle pozzette d'acqua che brillavan sul terrazzo qua e là come gemme.

A quando a quando un leggero soffio animava gli olivi in seno alla vallicella, e recava su col mormorio le acri e buone fragranze della terra bagnata e del verde.

Dopo il flagello la Natura si rilevava, fresca e ridente, nella sua giovinezza immortale, e prometteva e apparecchiava un nuovo scoppio di rigoglio e di vita.

Certo questo era dolce e consolante!

Ed era orribile pensare ch'egli non verrebbe più, con quella sua nobile aria pensosa a seder su quel sedile, a rimirar quel cielo e quel verde, ad ascoltar que' rumori, a respirar quegli odori. Che non risponderebbe più al mio saluto con quel suo pio sorriso. Che non proverebbe più, mai più la gioia di vivere e di sentirsi fino alle viscere immerso nelle profonde ristoratrici ebbrezze della Natura e dell'Arte!

Ma era anche più orribile pensare ch'egli avea potuto disprezzar tutto ciò; e staccarsene, volontariamente; e per sempre!

Da quale cupo vertiginoso abisso aveva egli attinto la disperata forza dell'abbandono e della rinunzia?

Ogni parola, una goccia di sangue.

Levavo gli occhi alla finestra dello studio, chiusa; e inorridivo.

Pensavo a quel racconto, all'urna che custodiva forse il sanguinoso segreto: e fremevo di febbre e di spavento.

Due giorni, due lunghi giorni, sostenni l'intima inaudita battaglia.

Il terzo giorno feci da Giuseppe aprire quell'uscio e schiudere un po' la finestra perchè almeno un raggio di sole consolasse la penombra.

Feci mettere sulla scrivania un mazzo di rose.

E salii, come salissi a una tomba.

LA ROVINA

I.

Un mattino di giugno, per la stradicciuola solitaria lungo il mare, ella mi ora passata dinanzi rapida, nera, con un'audace andatura; avventandomi in faccia il fruscio delle sue sottane di seta e un violento profumo: urtando e sconvolgendo fino alle ultime fibre tutto il mio essere.

Io m'era, con un brivido, rivolto a dietro, ad assicurarmi che anche quel tratto di strada alle mie spalle era deserto, che tutto intorno era deserto e immoto, sotto la gran luce silenziosa.

Poi, in preda a una febbre che s'alimentava di procaci immagini di lussuria sorte improvvise nella mia mente, l'avevo seguitata: gli occhi annebbiati, le gambe che mi tremavan come giunchi, il cuore che mi martellava.

La strada, svoltando bruscamente a un punto, si rinchiudeva nell'angusto arco di una gola in mezzo a cui scorreva, nascosto, un fossato, e s'adagiava una piccola casa bianca. - Quando io ebbi, dopo la sconosciuta, svoltato; ed ebbi dinanzi quel segreto seno, e la casetta bianca che brillava, unica, al sole, -

qualche cosa di decisivo scoppiò in me. I battiti del mio cuore si accelerarono. Ed io accelerai il passo dietro lei che fuggiva; e raggiuntala mentre metteva il piede sullo scalino del cancello per incurvarsi ad aprire, l'avvolsi da capo a piedi in un lungo cupido sguardo; e trasalii, sfiorandola.

In un sorriso che balenò come un lampo ella spalancò su me due grandi occhi lucenti di tenebrosa maraviglia. Aperse, richiuse in fretta il cancello facendolo sbatter forte; attraversò, leggera come un uccello, il breve spazio ghiaioso (udii la ghiaia stridere sotto i suoi piedi), e scomparve.

Non più di venti passi io potei procedere portando entro me prepotente il tumulto suscitato da quella fugace visione passata lasciando sul fondo oscuro della mia anima un solco di fiamma.

Quando mi voltai, e la rividi, affacciata alla finestra, che mi fissava, sentii da me fuggire quasi l'essenza della vita. Come cera al fuoco sotto quello sguardo mi sentivo struggere, e mi lasciavo struggere.

Ma l'immobilità mi costava sangue. Con le gambe che mi si piegavano rifeci quel pezzo di strada; e ripassai sotto la finestra, e bevvi ancora, con gli occhi levati, avido, insaziato, inebriato. Gittai ancora, allontanandomi, alcune ultime occhiate, ultimi saluti a cui avrei voluto imprimere un particolar significato di promessa, di pegno, e di suggello.

E scappai con in cuore il tesoro d'una certezza soave, calda, irruente.

Nell'aperto riso, nel tripudio immenso di tutte le cose, come esultava e traboccava, cantando, il mio essere!

Certo il mare, il mare turchino che alla spiaggia aveva il fruscio della seta, non aveva tremolato mai così vago, nè il sereno aveva brillato mai così vivido, nè l'aria aveva mai, così limpida, rivelati in tutta la loro smagliante freschezza i colori e le forme delle cose.

Per tutto la vita, la gioia della vita si appalesava, zampillando diffusa, intensa, vittoriosa.

E trionfava, baldanzosa, maravigliosa, sovrana.

Che voluttà, che inaudita voluttà, tuffarsi in quell'onda vivificante di gioia! Che ebbrezza, che divina ebbrezza, annegarvisi!

Davanti a mio fratello durai fatica a comprimere la fontana d'allegrezza che spicciava su dal mio intimo.

- Qualche novità! - gridò lui raggiante, alludendo ai miei lavori letterarî, poi che quando componevo solevo aver sul volto quella stess'aria di letizia esaltata, insolente, provocatrice.

Io mi sciolsi dalla stretta della sua mano con un ghigno ambiguo che tutto confermava e tutto negava.

Ma non fiatai. - Udivo le parole di lui, che s'era messo a raccontar d'un suo amico stato ferito in duello il mattino, come un ronzio confuso che mi frastornava maledettamente, e m'opprimeva e m'indispettiva. - Quando potei, in un momento di tregua, ripiegarmi a cacciar, quasi di furto, uno sguardo in fondo alla mia coscienza, non vi trovai più il tesoro di quella certezza soave, calda, irruente: appena le vestigia in un pugnello di cenere fredda e in un'ombra di fumo, grigia. Preso da uno smarrimento mortale, e incapace di rimaner ancora immobile davanti a lui che seguitava, calmo e roseo, il racconto, mi levai e uscii sul terrazzo, a passeggiare, sotto il sole, solo.

Ma egli mi raggiunse, e mi si accompagnò, e rappiccò il discorso, centuplicando l'oppressura.

- Un mal di capo assassino! - diss'io alfine per liberarmi. E gli tesi la mano, e riparai nella mia camera, e mi buttai sul letto con la testa fra le mani che mi scoppiava, a rievocare, a considerare, ad architettare.

Mezz'ora dopo, il piano era stabilito.

Addio a Giovanni con un cenno, e giù per il giardino, e giù per lo stradone, - difilato dal rivenditor di giornali: una vil creatura che pel meschino utile che da me ritraeva mi professava una grande riconoscenza.

Simile a un delinquente gli strisciai accanto e gli rivolsi, senza guardarlo in viso, l'obliqua dimanda che da un'ora mi fremeva sulle labbra.

Egli ebbe un sorriso che bruciò sulle mie guance come una scudisciata: un di que' lubrici sorrisi di compiacimento ch'hanno tutti gli esseri volgari e immondi quando inaspettatamente loro accade di scorgere un punto di contatto fra la propria bassa natura e quella d'un altro essere fino allora stimato superiore.

E mi raccontò ch'era una disgraziata maritata quattr'anni fa a un tale impiegato all'ufficio del Registro, un giovane mezzo matto e mezzo malato che, dicevano, la picchiava di santa ragione. In capo a tre anni s'eran divisi: lui se n'era ito fuori: lei se n'era tornata in casa della madre: una vecchia strega che ai suoi tempi n'aveva fatte di tutti colori e adesso, dicevano, insegnava il mestiere alla figlia. Dopo la separazione, lei s'era data a un signore, un banchiere che teneva una villa fra Oneglia e Porto Maurizio. Di notte era stata vista scendere di vettura a quel cancello infinite volte: perfino i ciottoli della strada avevan saputo quella relazione. Ma un bel giorno il banchiere s'era stancato e l'aveva messa alla porta. E allora lei aveva cercato d'invescare un ufficiale...

Tanto bastava.

Io segnai, con la mano che mi tremava, sul taccuino il nome che avevo raccolto dalla bocca di lui; ringraziai, e mi rincamminai verso la villa.

Lassù la sfacciata luce del mezzodì aveva inondato il mio studio.

Accostai le persiane e abbassai le tende perchè anch'essa non fosse testimone delle torbide impure cose che la mia anima doveva esalare. Tolsi un foglio, e scrissi:

«Stamane per la strada solitaria lungo il mare mi siete passata dinanzi rapida e tenebrosa. E il mio cuore s'è messo a battere, indovinando. Vi ho raggiunta mentre stavate per aprire il cancelletto del vostro giardino, e vi ho guardata in viso, la prima volta, curva in quell'atto, E voi, con uno sguardo dei vostri diabolici occhi, mi avete fulminato. E siete scappata via leggera come un uccello! E improvvisamente siete apparsa alla finestra, e mi avete fissato, ancora! Cosa avete voi in quei diabolici occhi? Come cera al sole io mi son sentito struggere, e mi son lasciato struggere. Poi me ne son venuto via col cuore gonfio d'una certezza calda, soave, inebbriante. E tutto quest'oggi mi son nutrito di questa certezza, ho vissuto di questa febbre di fiamma e di abisso. O bellissima tenebrosa! Perchè non mi gettate la parola che io sospiro delirando? La parola che mi farà morire, morire di ebbrezza, prima ch'io possa appressare le labbra alla coppa della felicità? Guardate. Mi inginocchio a' vostri piedi e vi supplico. Non prolungate, tacendo, questo supplizio! Scrivete subito, oggi. Ditemi dove, quando, potrò parlarvi. Poichè ho bisogno di dirvi cose che non posso scrivere, che incenerirebbero il foglio.»

Io aveva così cercato di velare de' colori attraenti d'una passione d'amore quel che non era se non un improvviso risveglio, una torbida rabbiosa e cieca esplosione de' miei appetiti sessuali. Ed avevo gioito in fondo al mio cuore pensando che il carco di miserie, di tristezze e di abiezione che accasciava la vittima, me l'avrebbe più presto sospinta nelle braccia: gioito come se già ghermissi e sentissi, tra' miei artigli, viva dibattersi la preda.

La mia coscienza non era già ottenebrata al punto ch'io non potessi discernere tutto ciò che di abominevole e di vituperevole si nascondeva sotto una simile azione. Ma io comprendeva altresì con sufficiente lucidità come qualsiasi tentativo di resistenza da parte delle mie migliori energie sarebbe inevitabilmente fallito. Un turbine m'aveva sorpreso ed involto nelle sue spire mugghiando: ed io mi moveva portato dalla sua rapina con la leggerezza di un fuscello.

Solo assai tempo dopo, ritessendo io nella mente la storia del mio fosco passato, potei riescire a rendermi ragione del come quel primo fatto e quelli non meno obbrobriosi che gli tennero dietro, dovessero necessariamente accadere e succedersi quasi anelli d'una stessa catena. - La mia adolescenza e la mia prima giovinezza erano state ben singolari! Eccettuato un vago sentimentale amoretto che, sorto con l'adolescenza, s'era a stento trascinato fino alle porte della giovinezza per morirvi d'anemia e di consunzione, - si sarebbe potuto dire che la donna non era entrata mai nella mia vita. L'unico vero e serio e grande amore della mia vita era stata l'Arte. L'unica mia ambizione, imprimere un'orma non cancellabile nella storia della nostra letteratura, e incoronar di gloria il mio nome. Per quest'unico amore e per quest'unica ambizione io aveva imparato a vivere, fin da' quindici anni. Tanto mi ero preso d'essi, tanto mi ero sprofondato in essi, che avevo finito per allontanarmi e straniarmi dal mondo. A quella fiamma intensa ed assidua il mio cuore s'era quasi essiccato. La mia parola era diventata arida ed aspra: ahimè! perfino con mia madre!

Povera e santa mamma!

Che bella e dolorosa vita era stata la sua! - Nel '66, a soli ventidue anni, aveva perduto il babbo, a Mentana, che adorava. Non le eravam rimasti che noi due, e non aveva vissuto che per noi. Per poterci mantenere agli studî aveva fatto mille sacrifici. S'era quasi privata di tutto. Aveva sùbito smessa la vettura e licenziata la servitù. Aveva lasciato l'antico palazzo di Genova, strappandosi d'un colpo a' rumori, alle distrazioni ed a' piaceri cittadineschi; e s'era venuta a rifugiar in quell'angolo abbandonato e selvaggio, a respirarvi, come entro la cerchia d'un chiostro, la solitudine ed il silenzio: posando sulle nostre teste infantili il delicato giglio della sua mano protettrice e amorosa.

Vederla improvvisamente mancare, era stato uno schianto!

Io avevo pianto a lungo, maledicendo l'iniqua crudeltà del destino che abbatteva così brutalmente un'esistenza innocente come un fiore. Avevo guardato la vita con occhio torvo e corrucciato: avevo ripensato alle mie battaglie, alle mie seti, alle mie fedi come a cose vane, sterili, inutili. Ed avevo anelato il riposo, la pace, l'infinito sonno, il Nulla!

Ma la vita m'aveva subito riafferrato. L'antica passione m'aveva di nuovo investito. L'Arte m'aveva di nuovo tese le braccia, seducente di rorida intatta bellezza. Ed io m'era salvato in grembo al mio mondo chiuso e profondo.

Della cara Estinta non tutto avevo ereditato. Non quel vigile ardente spirito di amore, di annegazione e di sacrificio che abbracciava in un vasto amplesso tutte le forme dell'Essere e caratterizzava, santificandolo, ogni atto della sua vita: ma sì l'inquieto affannoso anelito verso l'Alto, e la sacra, tenace devozione a un ideale di purezza e di nobiltà.

Cos'era dunque il brivido che m'arrestava dubitante sulla soglia dell'infame asilo quando nel cuore della notte come un ladro io lo cercava, cacciato dalla schifosa febbre de' sensi? Cos'era l'orrore che mi pervadeva alla vista della livida creatura che senz'amore, senza palpiti, senza desiderio mi offriva la sua bocca stanca e le sue carni disfatte? Cos'era quel senso di nausea che mi penetrava fino alle midolle nel contatto e mi faceva giurare a me stesso, nella rivolta dell'umiliazione, ch'io non sarei per cadere più mai?

Io aveva, così, affrontato e sostenuto delle fiere pugne: - ma le poche volte che avevo trionfato, la vittoria era stata sanguinosa!

Da una di tali pugne vittoriose ero appena uscito quando mi toccò il fatale incontro!

II.

Il viglietto diceva: «Ho paura. Temo che mi vogliate far servire a un capriccio, per poi gettarmi via come un limone spremuto. Sarebbe una viltà. Pensateci. Ho sofferto già troppo. Sono una sventurata. Non cercate di accrescere la mia infelicità. Lasciatemi. Sarà meglio anche per voi.»

Questo fu l'ultimo soffio veemente per entro le tortuose fiamme dell'incendio. - Il pensiero che il possesso di lei, così intensamente agognato, non dipendeva più che da una mia sola parola, mi dominò tutto d'un colpo, e mi piombò in un tremendo delirio.

Risposi immediatamente ch'era dell'amore sincero e leale e fedele ch'io le offriva: che avevo bisogno di lei come dell'aria che respiravo, che mi sentivo legato a lei come alla vita istessa, che mi sarei squarciato il petto prima di abbandonarla.

L'indomani ella replicava: «Se tentaste d'ingannarmi, Dio vi punirebbe. Confido nelle vostre parole. Venite. Stasera, verso le dieci, mi troverete qualche passo innanzi alla svolta, seduta sul parapetto, dalla parte del mare.»

Non era un'allucinazione. Eran parole sue, scritte di suo pugno, queste su cui stavano adesso inchiodati i miei occhi. Ed ella mi apparterrebbe veramente, immancabilmente. E nulla me l'avrebbe potuta strappare: nessuna avversa forza al mondo. Era necessario, fatale, indistruttibile, tutto ciò!

Oh la vorticosa ebbrezza che sgorgava da questo pensiero!

Ma sopra i gorgoglii e le spume dell'ebbrezza, il lampo d'una paura tragica. - E se io non potessi reggere? Se nell'estremo supremo istante ogni energia mi abbandonasse? - Che cosa dunque mio Dio sarebbe avvenuto di me? Che cosa, più nera della morte, mi si apparecchiava, ch'io non osava guardare in faccia?

Più volte già, levandomi di sul letto ove m'ero lasciato cadere esausto, ero venuto alla finestra a misurar l'altezza del sole. E m'ero dimandato s'ei non impiegherebbe tutta l'eternità a declinar fino alle spalle de' monti. E se tanta luce diffusa sarebbe davvero sparita; e se i monti, il mare, la vallicella, lo stradone, e perfino il giardino, perfino il terrazzo, tutto si sarebbe ancora immerso nel buio.

E m'ero tolto di là disperato.

Avrei voluto stendermi su quel letto come in una bara, per non rialzarmi più che a quell'ora. - E invece mi toccò accogliere con un sorriso Giovanni, e sedere a tavola con lui, e sostenere impassibile la molestia de' suoi sguardi scrutatori; e alle sue amorevoli premurose preoccupazioni perchè non assaggiavo nulla e non parlavo, opporre un altro sorriso e uno scatto di simulata allegria.

Ma l'ora si appressava, oramai.

Il fuoco del sole si spegneva dietro i monti, la selva degli olivi si velava d'ombre, la sala si oscurava.

A un momento Giovanni, che s'era messo a leggere il giornale accanto alla finestra, si alzò dicendo: - Buio via buio, buio pesto! - E pregò Giuseppe che accendesse il lume.

Fu il segnale.

Il mio cuore battè forte; e d'un colpo l'immobilità e la dimora nella sala mi diventarono insopportabili.

Quando ebbi scesa la scala del giardino e varcato il cancello, che torrente di gioia si rovesciò sul mio essere!

La sera, quasi incalzata anch'essa, cadeva e si spandeva, rapida. A occidente, dietro la catena opaca de' monti, non sopravviveva, del rosso incendio del tramonto, che uno smorto albore perlato. In alto, sopra il mio capo, l'azzurro rincupiva, e una prima stella tremula sfavillava.

Che acre, inquieta, palpitante dolcezza!

Scesi al principio del paese, attraversai quel braccio di vicolo nero, notando con una nuova scossa di gioia che l'unico fanale era già acceso, - e uscii alla marina. E mi incamminai su per il molo, sforzandomi di soffermarmi a quando a quando per dare tutti i miei sensi e lo spirito - come spesse volte inconsciamente mi accadeva - allo spettacolo del lucido lago del porto ove si rispecchiavano il gruppo intricato delle barche e le case alla riva e la guglia del campanile - o alla pace vasta e solenne che regnava nell'aria e dominava tutta la scena, dalla lontana chiostra delle alpi al lontano arco del mare.

Ma non ero più padrone di me. Non avevo che un pensiero intorno a cui i sensi vibravano e lo spirito si travagliava: - l'imminenza di quell'ora, la certezza infallibile, la irrevocabile fatalità di quell'avvenimento, e il suo infinito valore che tutto soverchiava, appetto a cui tutto rimpiccoliva e diventava inutile - perfino la vita istessa.

Ed ecco. I fanali s'erano accesi, alla riva; e le fiammelle si riflettevan nel lucido lago, serpeggiando.

Non era dunque la notte? Non era l'ora che precipitava?

Come picchiava, come picchiava essa alle porte del mio cuore!

A cento passi dalla punta del molo sostai al sommo d'una scalinata. - Col capo prono, la faccia sulle ginocchia e gli occhi chiusi sotto le palme quanto tempo rimasi?

Udivo le rane che levavano un gran canto, nella valle; e, intramezzati a quel canto, murmuri d'acque che si rompean tra gli scogli, voci di pescatori che si chiamavan scambievolmente, tonfi di remi che s'attuffavano, bisbigli di barche che scivolavan nell'ombra, passando.

Quando riapersi gli occhi, le tenebre m'avevano avviluppato. Mi rizzai e mi avviai, precipitosamente, addentato dal dubbio ch'ella potesse precedermi.

Ma era ancora presto: il luogo del convegno era ancora deserto.

Passai la svolta, appuntai gli occhi sulla macchia della casa che biancicava nel buio, e mi posi in ascolto, col cuore che martellava. Nulla nemmeno qui.

Solo i grilli stridevano, su per la ripa nera.

Tornai indietro, colto da brividi di freddo; e mi misi a sedere sul parapetto, con le spalle alla svolta.

Un momento dopo, battevano le dieci.

Allora io pensai, nello sconfinato smarrimento:

- Se tarda ancora un momento, io muoio.

E veramente mi parve che il senso della vita mi abbandonasse.

D'improvviso un fruscìo alle spalle mi fece trasalire. Mi voltai, e scorsi un'ombra.

Era lei!

- Volevate farmi morire! - le dissi stringendo la mano ch'ella m'aveva pòrta: una mano inverisimilmente piccola.

Ella sorrise; ritirò la mano; e stette immobile, con la testa abbassata.

Al lume incerto delle stelle osservai ch'ella aveva dei capelli crespi straordinariamente fini e abbondanti. Con una mano ripresi la piccola mano, con un braccio le cinsi la vita e l'accostai a me fino a sentire sul petto la molle pressione del suo seno. Poi le scoccai un bacio sul collo, travolto da un nembo di voluttà.

Ella rialzò il capo e mi chiese, incredula:

- Come è possibile che voi mi amiate?

E fece atto di volersi scostare.

- Sono due giorni che non vivo più. Ho bisogno di voi come dell'aria che respiro! - risposi con un soffio di voce.

- In fondo a voi non c'è l'amore, c'è l'indifferenza, e forse anche il disprezzo. È questa la verità.

Io negai, reciso.

Ma ella proseguì:

- Sono una sciagurata. Nessuno mi ha compatita, quando sono caduta. Nessuno mi ha aiutata a rialzarmi. A ogni sforzo che ho fatto, mi son sentita ricacciar giù e calpestare. E adesso ho paura: ho paura che anche voi vogliate fare così!

Io protestai che sarebbe stata un'infamia - con un tono stridulo che risvegliò in me, acuendolo, un disgustoso senso di avversione a me stesso.

- È il desiderio che vi offusca la mente. Domani, quando vi ridesterete, vi sentirete il cuore secco come una pietra. Lo so. Lasciatemi. Non prendetevi giuoco di me.

Allora una nuvola di tenerezza passò sul mio spirito velando a' miei occhi lo spettacolo della mia vergogna.

- Povera creatura tormentata! - esclamai. - Come potrei abbandonarvi? E poichè la mia voce uscì ammollita di pianto io pensai, commosso, che forse ero stato sincero,

- Sono appena quaranta giorni - ripigliò ella soffocata dall'ambascia - che ho giurato sulla memoria del mio povero padre di non credere più a nessuno. Prima di credere un'altra volta volevo morire. Ed ora ecco la mia forza, ecco la mia forza! Ho detto a mia madre che andavo a trovare la zia, quando sono uscita. Essa s'è spaventata. Mi ha gridato: - Bada a te! - Se sapesse che sono qui, guai!

Tacque sorridendo; e nel sorriso la bocca le si schiuse, fresca come una corolla di fiore sbocciato appena.

Allora io sentii sciogliersi i lacci che trattenevan l'onda della mia passione; e mi buttai perdutamente a baciarla sulle labbra e sugli occhi mentr'ella prorompeva in una lunga risata cristallina.

- Andiamo! - imploravo io.

Ella rideva ancora, con gli occhi socchiusi, offrendomi la bocca. Ma a un mio morso sussultò tutta tra le mie braccia, arrovesciò il capo e mise un suono inarticolato ch'era invito e promessa, fremito e spasimo di piacere.

- Andiamo a casa tua! - gridai. - Non reggo più!

- Se mia madre si sveglia, mi ammazza! - tentò di opporre ella, debolmente.

- Non si sveglierà! - incalzai io, diventato rabbioso nella insofferenza dell'indugio.

Ed ella si lasciò smuovere, si lasciò condurre...

III.

...Le pareti bianche della stanzetta ov'ella m'aveva silenziosamente introdotto; le due immagini sacre appese in capo al letto e racchiuse entro una cornice dorata, il cassettone sormontato da uno specchio ne' cui angoli stavano infisse alcune fotografie; le due poltroncine di seta gialla, e il letto alto ed ampio, con lo zanzariere candido alzato come a una offerta!...

Ella era corsa, muta, ad accostar gli scuretti; curva sull'uscio aveva un istante origliato; aveva, con infinita cautela, dato due mandate alla chiave (che rimbombo dentro il mio petto!), poi era venuta verso di me con le braccia tese, me le aveva cacciate al collo, e m'aveva susurrato, con la voce spenta:

- Sono tutta tua!

Ma io m'era subito svincolato da quella stretta.

Ed ella, fissandomi con le pupille fosforescenti che indovinavano il mio segreto pensiero, s'era incominciata a spogliare.

La vezzosa testa china ricca di capelli fini, le mani che slacciavan convulse il corpetto e il busto, l'onda del seno che traboccava, e i colpi de' nostri cuori anelanti, in quel silenzio di tomba: che terribili cose!

Ella era stata sublime, nelle furie della voluttà.

S'era abbandonata a tutti i rapimenti, a tutte le demenze. Mi aveva insegnate le più riposte e più squisite vie del piacere. M'aveva d'un colpo spalancato le porte d'un paradiso di delizie di fuoco. E m'avea visto, trasfigurato dall'estasi, bere a lunghi sorsi, con avidità feroce, alla coppa raccolta nelle sue mani.

Sull'alba io me n'era venuto via carico di sbalordimento e di stupore.

Ma già l'indomani, a una certa ora del pomeriggio, il desiderio era inaspettatamente resuscitato in me, e m'aveva riafferrato, co' suoi mille tentacoli.

La sera avevo rifatto quella strada, ed ero tornato a picchiare a quell'uscio, come un affamato. - Era stata un'orgia più bieca e più cupa della prima: e tuttavia non m'aveva saziato.

«Forse - pensavo - la vita è troppo breve, per votare intera la coppa.»

Ma intanto un vago senso di malessere aveva incominciato - inavvertito - a strisciare e pesare dentro di me. E si era fastidiosamente aggravato ogni volta che noi ci eravam concessi un po' di tregua e la derelitta m'aveva scoperto un lembo dell'anima sua.

Gemendo, singhiozzando, ella m'aveva raccontato il suo gramo passato.

Aveva evocata la figura di suo marito: la persona slanciata coronata da una bella testa di poeta - diceva lei - due occhi neri come carboni, e dei capelli inanellati, neri e lucenti anch'essi.

E le prime indimenticabili dolcezze del nuovo stato. A diciassette anni senza un timore, una cura, un pensiero: affrontando l'avvenire con la baldanzosa e spavalda sicurezza della giovinezza che ignora. - Allora ella s'era immaginata che tutto ciò dovesse durar tutta la vita. E invece era durato appena tanto che il ricordo potesse restare e trasmutarsi nel più doloroso tormento. Poichè era un tormento di morte pensare a che ella s'era ridotta, e cosa le rimaneva della festa di tutto quel riso folle e giocondo.

A misura che la malattia di ventricolo a cui egli era soggetto s'andava esacerbando, si esacerbava il suo temperamento. Dappertutto spigoli, dappertutto urti. E nulla che valesse a rasserenarlo più: nemmeno i vezzi d'Irma, la più piccola e più graziosa delle due bambine, la sua prediletta. Com'egli rientrava di ritorno dall'ufficio, una cappa di piombo copriva la casa. I trilli delle bambine, il ritardo di un minuto nell'apparecchiar tavola, una pietanza mal riescita, una risposta un po' secca: il fatto più insignificante bastava a metterlo sulle furie. Fracassava tutto quello che gli capitava alle mani; poi pigliava il cappello, e se ne andava. Lei dietro a scongiurarlo, a mani giunte, piangendo. E lui, niente. Ella gli diceva: - Non vedi come ti riduci? E queste due povere anime innocenti? - E lui a vomitare ignominie; e a picchiarla, persino. La gente per la scala e giù per la strada risapeva ogni cosa e si scandolezzava. - Dovreste provare a piantarlo - le suggerivano in coro. - Vedreste. Dopo due giorni verrebbe a strisciarvisi a' piedi.

Ma ella no, ella no.

Quando l'itterizia lo aveva còlto e inchiodato in quel letto, ella non se n'era staccata un momento. Il poveretto era diventato giallo come lo zafferano, fino alle unghie delle dita; e non aveva più che pelle e ossa. - Non garantisco nulla! - aveva avvertito il dottore. E per quaranta giorni s'era dovuto nutrire a solo latte.

Alfine il pericolo era cessato, e la speranza era riapparsa, fra le pareti della casa. - La prima volta ch'egli s'era alzato e avea tentato i primi passi appoggiato al braccio di lei, che scoppio di contentezza! Era una dolce estate di San Martino, sul principio di novembre. Il cielo senza una nuvola, il mare senza una crespa: un sole così tiepido, così benefico!

Delle ore intere egli se ne stava a sedere davanti a quella finestretta, divertendosi come un bambino a osservar col binocolo il traffico del porto, gli arrivi e le partenze de' velieri, od i vapori che passavan lontani impennacchiati di fumo: una cosa che inteneriva!

Una sera persino egli le avea presa improvvisamente la testa fra le mani, e l'aveva baciata, confessando con le lagrime agli occhi che sapeva di doverle la vita, e chiedendo perdono di tutto il male che le aveva fatto.

Ma appena ricuperate le forze - ancora da capo. Lo stesso umor nero, le stesse procellose collere, gli stessi forsennati furori.

Finchè un bel mattino s'era dileguato lasciando sul tavolino una lettera dove diceva che non gli bastava l'animo di seguitare così, che l'unica soluzione era separarsi per sempre: ch'egli s'era fatto trasferire lontano, in Sardegna: non lo cercasse più: desse un bacio per lui alle bambine, e addio.

S'era portati con sè i risparmi di cinque anni: ed ella era rimasta con le due bambine e la vecchia madre sulle braccia, e lo spettro della miseria sulla porta.

Che fare?

Le sere che usciva sola a prendere una boccata d'aria per quella strada lungo il mare, non poteva mai affacciarsi dall'alto del parapetto a guardar gli scogli irti della riva senza sentirsi gelare il sangue nelle vene, a un pensiero che la percoteva immancabilmente.

Ma sempre il ricordo di quelle due povere anime innocenti l'aveva trattenuta, che dimandavan pietà co' grandi occhi smarriti, e che un giorno l'avrebbero maledetta.

Ahimè! E non l'avrebbero maledetta a ogni modo?

Tanto è vero che quando il destino piglia a perseguitare invano si tenta di sfuggire a' suoi colpi.

Per vivere ella s'era messa a cucire e a ricamare di commissione. A Porto Maurizio, presso un banchiere, avea trovato lavoro per tre mesi: aveva allestito lei quasi tutto il corredo per la figlia maggiore fidanzata allora. S'era affaticata come una schiava, per riescir a mettere in là un po' di quattrini, andando la mattina e tornando la sera, sempre a piedi, per lo stradone polveroso che non finiva mai. Pure a che cosa era giovato?

Una di quelle sere il primogenito del banchiere le si era avvicinato con un pretesto, e l'aveva accompagnata un pezzo. E quando il sole era scomparso e la strada s'era fatta deserta, le avea soffiato sul viso certe parole infocate. Ella no! Ella no! Aveva altro pel capo! Non voleva disonorar sè e quelle due tenere creature innocenti! E lui a battere, a insistere, a giurare e spergiurare delle pazzie. Aveva persino osato mostrarle una rivoltella piccola come una mano, che teneva nascosta nella tasca interna della giacchetta, sospirando con gli occhi stravolti: - Vedete, se mi lasciate senza speranza? - E l'indomani di nuovo, a quello stesso punto, a quella stessa ora, con quello stesso viso languido che la turbava, con quelle stesse parole che le inondavano la faccia di rossore e le gettavano in seno un improvviso scompiglio.

Così egli avea potuto, una volta, coglierla a tradimento. Aveva fatto postar la vettura a quel recondito gomito della strada ov'ella non passava mai senza un leggero tremito alle ginocchia. Le era venuto incontro con gli occhi luccicanti e con una diabolica espressione di trionfo. «Siete nelle mie mani!» le aveva detto. E l'aveva afferrata e sollevata di peso, mentr'ella si sentiva mancare.

Dopo quella notte fatale, che vita!

Egli aveva affittata una villetta a mezzo cammino tra Oneglia e Porto Maurizio, tutta velata di olivi. Era stato quello il nido del loro perduto amore, dove s'eran promessi di non lasciarsi mai più. Oh quante volte, rifacendo ella quel cammino, aveva veduto l'alba nascente spargere intorno alle vette de' monti a oriente un umido color di latte e di rose! Quante volte s'era soffermata a quella nota svolta con le membra affrante dal piacere! V'era un fossato, laggiù, in fondo a cui bisbigliava l'acqua, sommessa, scorrendo tra le pietre e tra i roveti; e qualche pettirosso sempre vi si calava a bere, poi risaliva ad appiattarsi nel roveto, a spittinare.

Nulla, nulla pareva potesse mai ammorzar quella febbre, spezzar quella catena.

E invece!

Dopo quindici mesi, una bambina era nata. - Tutta lui, negli occhi azzurri come la marina, e nei capelli biondi, fini come fili di seta: una bellezza. Egli le aveva imposto il nome di sua madre, e l'aveva data a balia a un paesello della valle di Taggia: tanto le si era sentito legato.

Ma quando la difterite se l'era portata via, tutto s'era rapidamente mutato, tutto s'era sfasciato. Egli s'era allontanato per gettarsi nelle braccia d'una ballerina. Fiori, ori, gioielli: cosa non le aveva deposto a' piedi? E lui, vile, ardiva negare! E faceva delle scene di gelosia, lui che cercava i pretesti per abbandonarla! Inventava di sana pianta delle storie di tradimenti, e gliele rinfacciava come se fossero verità vive e parlanti.

E se ella piangeva, se si disperava, se gridava ch'era la fine, egli si rivoltava: «Sono sazio di queste tue commedie!»

Era sazio infatti: sazio di lei e del suo tenace amore. Sentiva la catena pesare, e voleva liberarsi.

Ed ella lo aveva liberato. Se n'era tornata a casa più morta che viva, un mattino d'inverno.

E non aveva nemmeno avuta la consolazione di stringersi al petto le sue due bambine, poichè la zia, inferocita, se l'era ritirate presso di sè fin dal principio della relazione. Non aveva nemmeno potuto sfogarsi con sua madre, giacchè essa le si era lanciata sopra per cavarle gli occhi. L'aveva vilipesa, l'aveva pestata, le avea gridato: - Meritavi peggio!

E non le avea lasciato requie, da quel giorno.

Sempre a morderla e flagellarla con ogni sorta di rimbrotti, d'improperi, d'infamie. E a smunger denari per appagar le voglie della sua gola!

Ella allora per affogar quelle amarezze aveva affrontato delle amarezze maggiori. S'era data ad un altro che l'aveva anch'esso attirata ed avvolta con le sue bugiarde promesse...

Così il supplizio era stato completo. - Agli occhi del mondo era l'ultimo passo sulla via della colpa e della vergogna; e il mondo non perdona. Anche le poche amiche che le eran rimaste le avevan tolto il saluto, e le si eran voltate contro. La zia aveva proibito alle ragazze di visitar la madre, anche furtivamente, una volta la settimana, come solevan prima. Le donne al suo passaggio si tiravano in là, per non lordarsi. Gli uomini rasentandola le scagliavano occhiate e parole cocenti come staffilate.

IV

- Ieri sera verso le otto sono passata. La finestra era aperta, ma tu non c'eri. Nel ritorno mi son messa a sedere sul sedile di pietra, davanti al tuo cancello, pensando: «Forse di lì a un po' si affaccerà.» Non era quella, l'ora? Ho visto tuo fratello che passeggiava sul terrazzo fumando.

Io risposi, improvvisando una bugia:

- Mi sono affacciato tre volte, e non ho visto un'ombra. Forse che questo accadeva un minuto dopo che tu eri passata.

Ella soggiunse, insoddisfatta:

- Dove ti cacci, tu? Vivi tutta la giornata sepolto in casa tua tra que' tuoi maledetti libri? Io verrò cinquanta volte in paese per incontrarti, e non t'incontro quasi mai. Se sapessi le poche volte che commozione! Appena ti riconosco di lontano, il sangue mi dà un tuffo. Tu mi guardi alla sfuggita, come se passasse un'estranea. Io non posso più staccarti gli occhi di dosso!

Poi che tacque, le posai una mano a sommo della fronte, e lentamente insinuai le dita nella folta selva de' suoi capelli. Ella mi lasciò fare, parecchie volte, reclinando un po' la faccia, sotto la dolce pressione: come assorta, scoprendo la bocca e la gola alla luna.

D'un tratto riprese:

- Con quell'altro è durato quasi due anni, e poteva forse durare ancora assai, se non capitava la disgrazia. Con te quanto durerà?

- Che pazza! - -ghignai con una voce che non riconobbi per mia, mentre la mia mano tremante tentava accarezzarle una guancia.

Ma ella si ostinava:

- Era un giorno di giugno, il giorno sette. Ho fatto il conto oggi che sono ottantacinque in tutto. Mi giureresti che durerà ancora altrettanto?

Nella ingrata necessità di sostenere una situazione falsa il mio animo si inacerbiva.

- Smetti di torturarmi e di bestemmiare! - stridetti. E suggellai le parole con un bacio, pur sapendo ch'eran esse le sole bestemmie, e che il bacio era una perfidia.

La sconsolata tentennò il capo, incredula.

- L'altro mi dette una gran prova d'amore. Che prova mi daresti, tu? Cosa sacrificheresti, tu?

E i suoi occhi fissi acutamente ne' miei tentavan scandagliarmi.

Allora le confessai ch'ero io pure uno spostato, un vinto della vita, giacchè nella lunga accanita corsa verso que' miei folli sogni d'arte e di gloria io aveva lasciato sul terreno a brandelli la miglior parte di me, ed avevo perduto il sommo bene ed il sommo conforto, cioè la capacità d'amare col completo abbandono dell'essere. Nessuno avevo io mai saputo amare a quel modo: nemmeno mio fratello, nemmeno mia madre!

Mirando ad ottenere il doppio scopo di eccitare la sua compassione e di appagare insieme un molesto bisogno di purificazione che serpeggiava in fondo a me, mi spinsi fino a dirle che mi conoscevo colpevole, indegno, abietto, dinanzi a lei!

Ella aveva abbassata la faccia, ascoltandomi. Quando l'alzò, due grosse lagrime le scivolaron giù per le gote brillando. Non parlò, non mi guardò, nemmeno. Asciugò col dorso della mano le lagrime, e ricacciò indietro i ciuffi che le ricadevan sulla fronte, come per liberarsi da un pensiero che la volesse schiacciare.

Nel silenzio, attraverso la folla degli ulivi veglianti in attitudini desolate, saliva intanto la voce del mare che narrava il peso tragico della vita e l'insopportabile affanno.

- Ho io forse una speranza? Sono io forse necessaria a qualcuno? Se domani tu sentissi ch'io fossi morta, cosa proveresti tu?

A queste parole io mi rivoltava come a uno spettacolo di sangue. Era mera compassione, che mi pungeva: ed ella, l'illusa, nel suo intimo credeva forse ancora che potesse essere amore! - Io sapeva che s'ella avesse attuato il funesto disegno non avrei sparsa neppure una lagrima, che il giorno dopo l'avrei dimenticata, che avrei fors'anco provato un gran sollievo, che avrei riabbracciato la vita con un nuovo trasporto di gioia: e tuttavia gridai:

- Mi vuoi attossicare?

Ma quando ella si levò con un gesto costernato, e mi si avventò al collo singhiozzando: «Perdonami!» e mi tempestò di baci, que' baci nei quali si dibatteva la disperata ansia del naufrago che tenta aggrapparsi all'ultima tavola di salvezza, - da capo io vidi nella sua repugnante nudezza tutta l'oscenità della mia commedia.

Nauseato e avvilito, mi staccai dal fianco dell'inconsapevole, quella notte.

E l'indomani mi svegliai soffocato dallo sgomento di chi all'improvviso si vede prossimo ad affogare. - Ahimè che cosa ho io fatto! - mi domandavo con le mani nei capelli. - E pensavo: «Ella non è solo fango. Anche nel suo corpo vive e s'agita un'anima capace di godere e di soffrire. E tu non sospettasti neppur questo, accostandotele! Con un meschino inganno l'avvolgesti, e l'asservisti alle tue basse voglie. Come fosse fango ti avvoltolasti in lei! Ella ti porgeva una mano credendo alla tua parola che le prometteva di aiutarla a rialzarsi, e tu di nascosto sputavi su quella mano! Di nascosto la calpestavi! Chi ti dava dunque il diritto di far tutto ciò?»

A più riprese m'ero risposto che questo diritto mi derivava dal fatto stesso della irreparabile condizione in cui ella era precipitata, e da cui nessun umano sforzo di generose energie l'avrebbe più saputa ritrarre.

Ma un tale ragionamento ed altri simili che andavo facendo, non raccoglievan altro effetto che quello di rivelar meglio a' miei occhi le mie occulte vergogne.

In verità un senso di scontentezza e di disgusto aveva sempre ondeggiato in me ogni volta che m'ero strappato alle braccia della misera. Un fastidioso fumo d'inquietudine aveva sin da' primi giorni turbato e offuscato il mio spirito. - Ed ora io non poteva appuntare il pensiero nell'enigma dell'avvenire senza che una paura di abisso mi agghiacciasse le reni. E mi rodevo, e mi struggevo, rievocando involontariamente le memorie del mio antico passato: un passato puro e immacolato come la vita di un fiore. La vista, così dolce un tempo, di quella casa, di quel terrazzo, di que' luoghi che avevano assistito allo sbocciare della mia giovinezza felice, mi riempiva ora di amarezza; gli occhi di mio fratello, quegli occhi che si posavan su me timidamente, e mi accarezzavan affettuosamente inquieti, e m'interrogavan muti e dolenti, - e le parole, quelle rare parole rotte con cui egli trepidando tentava sollevare il velo del segreto che mi circondava, - tutto ciò mi premeva, mi pungeva, mi trafiggeva. Schiaffi roventi eran quelli sguardi, quelle parole, quelle carezze, poi che non eran più per me, ma per un altro che da me era esulato, per l'antico fratello, compagno d'innocenza e di candore.

Allora io assumeva un'aria quasi ostile. Fremente di dispetto e d'indignazione, mi levavo d'avanti a Giovanni, con un gelido saluto, e mi rifugiavo nel mio studio.

Ma nella solitudine e nel raccoglimento il tormento diventava più penoso e più acuto. Qualche carta abbandonata che serbava, incompiuta, la traccia luminosa d'un pensiero d'arte e di poesia anelante, ebbro d'azzurro, all'Alto; qualche libro nella cui lettura mi solevo beare come in un divino lavacro ideale, e che aveva dischiuso agli occhi della mia mente stupita ed avida nuovi orizzonti e nuovi cieli, che aveva mantenute deste e rinvigorite le mie nobili energie, e mi aveva insegnato il desiderio e la visione d'un'Arte eccelsa, grande e serena, - tutto insorgeva unanime contro di me, e mi accusava.

- È necessario - gridai a me stesso togliendomi di schianto alle riflessioni in cui m'ero sprofondato passeggiando sul terrazzo un di quei giorni - è necessario che questo abbia fine!

Salii risoluto le scale, entrai nello studio, afferrai la penna, e le scrissi. - Le confessai che fino a ieri l'avevo vilmente ingannata. Che non l'avevo amata, che non l'amavo, che non potevo amarla. Che la mia coscienza si riscoteva ora dal suo obbrobrioso torpore, e m'imponeva di troncare la relazione. Io non poteva nè voleva esitare ad obbedire. Addio. Mi dimenticasse. Mi perdonasse, se potesse. Fino a ieri l'avevo vilipesa. Da oggi incominciavo a stimarla e a rispettarla.

Tutta la notte non chiusi occhio. Aspettai la risposta sudando freddo, come il reo che aspetta la sentenza. E la risposta venne: ma tutt'altra da quella ch'io m'era immaginata. La derelitta non inveiva nè implorava: si rassegnava con repressa amarezza, incolpando sè e l'avverso destino!

Io bagnai di lagrime di riconoscenza, di rimorso e di umiliazione quelle parole che in luogo di condannarmi mi proscioglievano e mi restituivan la mia libertà e la mia dignità d'uomo. E mi riconsolai pensando la nuova vita che mi si apparecchiava; e giubilai, guardandomi attorno. I libri dagli scaffali, i ritratti dalle pareti sorridevano di compiacimento; gli ulivi che sormontavan con le cime nel vano della finestra annuivan con cenni di consenso e di augurio: uno spirto di pace di serenità e di letizia rinnovellate brillava in grembo all'aria e sulle cose, circonfondendole di un inusitato fascino di poesia e di bellezza. - Oh la tenerezza appassionata che inumidiva certi primi sguardi, che vibrava in fondo a certe prime parole susurrate con Giovanni nella quiete solinga ombrosa del terrazzo, come a un convegno di innamorati che si riconciliano! E il sottile squisito diletto di riaprir certi libri su cui la polvere e l'obblio s'erano a lungo posati; la commozione del vedere a certe letture inaspettatamente risorgere, quasi per opera di magia, una cara folla di idee, di sentimenti, di immagini, di affetti legati ad un dolce passato di cui tutto credevamo perito in noi, persino il mesto ricordo! E la impetuosa concitata gioia dell'ascendere e toccar col pensiero le aeree vette dell'Ideale, per lanciare di lassù uno sguardo vittorioso e superbo alla misera vita vana ed effimera brulicante nelle brume del piano!

Lunghe ore rimanevo così seduto innanzi alla finestra del mio studio spalancata, o sul sedile di pietra del terrazzo, ora assorto nella contemplazione delle grate visioni interiori, ora in quella della natura esterna che mi attirava e mi soggiogava con le sue ineffabili grazie.

Lasciavo lentamente errare lo sguardo pel giardino intorno irrorato dalla rosea luce del vespero, o su per la linea ondulata de' ceruli monti lontani incoronati dalla gloria del sole che loro cadeva alle spalle, o su per l'ampia distesa della marina che s'increspava a quell'ora e si popolava di vele che venivan giù gonfie, in braccio al ponente.

Ma le ombre si allungavano, rapide; la rosea luce moribonda tremava un'ultima volta nell'aria, sospesa come un desiderio fuggitivo; e il cielo si oscurava, i fumi salivano, torpidi; una campana, desolata, nel silenzio ricordava e piangeva, mesceva memorie e lacrime.

Così, pari ad una fontana inesauribile, la Natura versava nel cavo dell'anima mia sonora le divine armonie della sua misteriosa ed infinita bellezza.

E la mia anima le ripercoteva, estasiata.

V.

Pure una sera, mentre attendevo Giovanni, solo, nella dubia luce del crepuscolo, mi assalì il ricordo di lei: l'acre violento ricordo del suo profumo e delle sue carni.

Oh la mia povera anima! Sopra i carboni ardenti del desiderio come si contorceva, come gemeva, come ululava!

D'un tratto una scampanellata risonò nell'atrio; e di lì a un momento Giuseppe entrò con un biglietto.

Io stesi la mano a ghermirlo, col cuore che mi batteva.

Mio fratello mi avvertiva che rimarrebbe ancora qualche giorno a Dolcedo, un borgo della valle di Porto Maurizio che gli aveva fornito il soggetto d'un quadro.

Io esultai: più che se fosse stato un biglietto di lei (come nel calore dell'immaginazione m'ero dato a credere), un biglietto che mi dicesse: «Vieni, non reggo più!»

Libero ormai dalla imbarazzante soggezione della presenza di Giovanni, non diventava io padrone di me? Quali ostacoli avrebbero avuto forza di arrestarmi o solo un poco trattenermi sulla ruinosa china fiorita? Il mio scialbo sogno di purezza, di dignità, di pace! Che cosa valeva, che cosa poteva esso più di fronte alla realtà fiammeggiante di quel paradisiaco bagno di piacere, il cui pensiero bastava a mettere in tumulto tutto il mio sangue?

Silenzioso come uno spettro scivolai per la lunga scala, attraversai il giardino e uscii, fingendo di non udir la voce di Giuseppe che dall'alto del terrazzo mi richiamava per la cena.

Laggiù trovai la stradicciuola già buia. Il grillo che strideva ancora, su per la ripa nera. Il mare che suggeriva oblique lascivie, leccando la spiaggia supina con guizzi di voluttà impudici rilucenti nell'ombra.

D'un colpo un vento di delirio m'investì e mi squassò; una fitta benda mi calò sugli occhi.

In capo al muricciuolo m'era apparsa la figura di lei, immota, curva ad aspettare.

Ma presto cadde la benda. Non era lei. Era una figura maschile: un giovane, forse.

- Scellerata! - pensai. E un'ondata di sangue mi montò al cervello. - Cosa oserai rispondere quand'io ti intimerò: - Non mentire! Con questi occhi ho veduto! -?

La libidine della carne si mescolava a quella dell'oltraggio: a vicenda si rinfocolavano, nel satanico connubio.

Appena svoltato, gettai avidamente uno sguardo al breve tratto di strada che mi separava dalla casetta, e alle finestre. E provai una gioia amara nel veder tutto deserto, tutto buio.

In punta di piedi mi spinsi fino al memore cancelletto che tante volte aveva cigolato al mio passaggio, - e chiamai:

- Susanna!

E stetti ad aspettare, col collo teso, la faccia supina, nel silenzio, in preda a un affanno mortale.

- Susanna! - replicai, spaventato dalla mia stessa voce che tremava forte.

Ed aspettai, senza respiro, senza un'oncia di sangue nelle vene.

Alfine qualche cosa si mosse, dietro la tendina che biancicava: un leggero romore s'intese, la finestra si aprì; una vita bruna si piegò verso me.

- Sei tu?

Un incredibile, inenarrabile sogno!

E pure era la sua piccola mano deliziosa che mi si tendeva nell'ombra, era la sua vita flessuosa ch'io stringeva, era l'alito della sua bocca ch'io beveva, eran le sue labbra rosse come il melograno ch'io suggeva!

- Come mai? - interrogò ella con una voce molto velata, quasi rauca, - che cosa è accaduto?

Io risposi:

- Credevo di poter vivere senza di te! Credevo di poterti scordare!

Ella mi prese tutte e due le mani, e mi chiese, con quella sua voce fioca, che pareva di sepolcro:

- Pietro, sarebbe vero?

Ma d'un tratto si svincolò, si coperse la faccia, e mormorò, costernata dal ricordo:

- Anche allora avevi giurato!

Io le strappai le mani dal volto, le inghirlandai con le mie braccia il collo, ed esalai, curvo sulla sua bocca triste:

- Luce delle mie pupille! Non vedi come mi ti striscio a' piedi? Non vedi come sanguino? Abbi pietà!

Quasi non avesse udito, ella taceva, piegato il mento sul petto che pulsava agitato.

Ma io, reso audace dal presentimento e dalla visione della vittoria, la urtai alle reni e la sospinsi. Tutto fremente le domandai:

- Dorme tua madre?

- Non è qui,   sospirò ella.

- Tornerà presto?

- Non credo che tornerà più. Ci siamo bisticciate, oggi. Non senti che voce? Le dissi ch'ero incinta, e lei mi fece una scena. Pretendeva che ti scrivessi. - Pestatemi - le dissi: - non gli scriverò. - Ella mi venne co' pugni sul viso. Mi picchiò, mi afferrò pe' capelli, mi sbattè contro il muro come un cencio. Guarda qui la piccola ferita. E se n'andò minacciando di correre da te. Per carità: se mai venisse non darle ascolto. Cacciala via!

Io non pensavo che a quell'unica cosa incredibile, scoppiata sul mio capo col fragor della folgore.

- Incinta? - balbettai, pieno d'orrore, sentendo rizzarmisi i capelli.

Nell'ombra ella non potè certo scorgere l'espressione del mio volto, nè i goccioloni di sudore che m'irrigavan le tempie. Ma la mia voce mi tradì, alterata da quell'orrore.

- Lo sapevo, - soggiunse ella dopo una pausa che mi parve eterna, - lo sapevo che questa notizia t'avrebbe un po' sconcertato. Avevo pensato di non dirti nulla, perciò. Non volevo che avessi noie a cagione di me. Poveretto! La colpa è stata mia: lo so: sono io che la devo scontare! Di che ti vuoi dar pensiero, tu?

Un giorno, questo m'avrebbe schiacciata, è ben vero. Mi ricordo quella volta: s'ei non m'avesse fatto un po' di coraggio, addio. Avevo già deciso, dentro di me, in un lampo. (Oh l'avessi fatto davvero!) Adesso, invece, mi adatto. M'hanno piantata lì come un cane. So che domani, appena sapranno, strilleranno più forte, e mi mostreranno tutti i loro artigli. Che importa! Finchè mi restano quelle due poveracce! Mia zia ha già insegnato alla prima che sua madre è una mala femmina appestata. «Guai a voi se vi lasciate baciare! Guai a voi se accettate una carezza!» - Ma quelle povere anime di nascosto vengono a trovarmi, e mi raccontano tutto, e mi vogliono bene. - È nostro padre, che ha trattato male - dice la Irene. E per questo l'altro giorno da sua zia s'è buscata un ceffone.»

Trangugiò in silenzio quel po' di fiele; poi, con un tono estremamente dolce, conchiuse:

- Ma tu non preoccuparti. Non vedi? Non ti chiedo nulla. Non cerco di aggrapparmiti. Ti rendo tutta la tua libertà.

Io avrei preferito ch'ella m'offrisse qualche pretesto di ribellione, per non trovarmi costretto a denudare la mia ributtante viltà. E fu nell'insano desiderio di ricoprirla, cotesta viltà, che osai affacciare - di mezzo a certi ipocriti avvolgimenti di frasi - un ingiurioso dubbio.

- Miserabile! - ruggì ella, troncandomi le parole in bocca. - Perchè venivi dunque? Chi ti aveva chiamato?... Lasciami! Non toccarmi! Se sapessi che ribrezzo mi fai!

Invano tentavo, con le mie mani, di trattenerla. Ella si dibatteva, nella stretta; si divincolava con tutta la persona, come se realmente il mio materiale contatto dovesse ammorbarla.

- Per carità, Susanna, sentimi! - insistevo tra smarrito e furente.

Ma ella no. Era riuscita a sfuggirmi, s'era avventata all'uscio, teneva già la mano sulla chiave.

Nel colmo dell'esasperazione, io mi cacciai perdutamente in braccio alla mia viltà.

- Bugiarda! - le scagliai alle spalle, - ho visto chi ti aspettava stasera al solito posto!

L'offesa si rivoltò con un sibilo di belva ferita, e mi sputò in viso il suo estremo insulto. Poi s'affisse davanti a me fieramente: quasi avesse raccolto una sfida, ed attendesse l'assalto, impavida.

Ma quando si sentì abbrancare alla vita, e vide la mia mano levata nell'aria come una scure, mi si lasciò sdrucciolare a' piedi.

- Ammazzami! - soffiò.

E dette in uno scoppio di pianto.

VI.

Come l'assassino dopo vibrato il colpo nell'ombra, ero fuggito. Tutta la notte ero incessantemente fuggito: e sempre invano, poichè avrei voluto poter fuggire me stesso, o poter credere che fosse un sogno d'inferno quello che m'era balenato alla mente.

Ed era invece realtà vera, irrecusabile, indistruttibile!

In una di quelle malvage sere in cui quasi un'altr'anima entrava in me, briaca de' fumi di una immonda passione - in uno di que' turpi abbracciamenti in cui io saziava, latrando, i pruriti di quella lebbrosa passione - io aveva generato un essere. E questo essere maturava ora nelle viscere di quella donna, succhiando i germi del vizio e dell'abbrutimento. E sarebbe un giorno venuto alla luce - chi sa con che anima! - e sarebbe stato mio figlio!

In nulla avrebbe egli potuto appartenermi, poichè nulla di veramente mio avevo dato a quella donna, poichè in quell'infame connubio non avevo portato che la feccia, putrida e fetente, di me stesso. Non un palpito, non un guizzo, una scintilla, un alito del mio vero io: nulla! E tuttavia egli sarebbe stato mio figlio! Egli m'avrebbe forse fisicamente rassomigliato. Io avrei forse riconosciuto in lui l'ampiezza della mia fronte, il color de' miei occhi, il taglio della mia bocca. Tutto avrebbe gridato contro di me. Avrei dovuto posargli una mano sul capo e benedirlo, e accoglierlo fra le mie braccia, e serrarlo al mio petto: e questo mentre la mia anima lo repudiava, mentre tutte le fibre del mio cuore lo respingevano con un fremito di repugnanza e di orrore!

E l'enorme schifosa macchia non si sarebbe mai più cancellata; e la sorda, occulta, inconfessabile angoscia, non avrebbe avuto fine mai più!

Addio! Tutto adesso veramente si spezzava, si sfasciava, ruinava. Innocenza, purezza, serenità: tutto era distrutto, sommerso, perduto: e per sempre!

Seduto in capo a quella ultima scalinata del molo con la testa fra le mani seguitavo a guardare inebetito le acque nerastre, quando un nuovo pensiero ruppe nella mia mente con un bagliore acuto e improvviso.

- E se fosse un colpo di astuzia? Se, approfittando della mia patente inesperienza e del mio cieco confidente ottimismo, ella m'avesse fin dal principio ingannato? Ed io, nell'esaltato travaglio di quella crisi morale, avessi soggiaciuto a dei ridicoli rimorsi, prosternandomi davanti a un tipo quasi ideale di rejetta e vinta nella diseguale lotta della vita: un tipo che io stesso con le mie mani commosse di reverenza mi fossi foggiato, mettendolo al posto della realtà volgare ed urtante? - Quando ella s'era vista lasciare, non s'era mossa, per corrermi dietro. In nessun modo m'aveva cercato. Non aveva messo una lacrima, non aveva proferito una parola che tradisse il desiderio di ripossedermi. - O non era forse questo il mezzo più efficace e più sicuro per riattirarmi? - Nel darmi adesso il terribile annunzio, aveva con bel garbo insinuato che sua madre verrebbe a trovarmi. E se una intesa esistesse fra la figlia e la madre? Se tutto ciò non fosse che una losca farsa architettata a' miei danni? Se non fosse che un triviale ricatto?

Considerando simili ipotesi, facevo come colui che sogna cose meravigliose e felici, e mentre loro sorride con gli occhi, in cuore già s'attrista, mòrso dal dubbio di sognare, e piange pensando che l'alba presto verrà a spazzar le rose e gli ori, e a spargere ovunque cenere fredda.

Misero me! Ciò che soprattutto mi aveva colpito, osservando la figura morale di lei, non era forse quel profondo marchio di sincerità che improntava ogni sua manifestazione? Ciò che m'aveva intimamente toccato, non era quella totale rinunzia ad ogni speranza, quella rassegnazione spruzzata quasi di sprezzo e di scherno, ma grondante di segrete lacrime amare? - Come una di quelle creature a cui i soverchi pesi della vita e i procellosi urti della sventura han logorate e svigorite le molle del volere, ella era venuta a me quasi senza resistenza, illudendosi forse per un attimo di potersi scaldare a una fiammata di affetto. Aveva un istante creduto alle mie ribalde parole; e m'aveva aperte le braccia. - Ma appena io, vergognandomi di me stesso, m'ero levato e codardamente allontanato, - ella aveva incrociate le braccia sul suo smunto seno, ed aveva abbassata la testa: rigida e muta come una statua di pietra.

Ed era costei quella a cui, per supremo oltraggio, attribuivo ora una bassezza che solo la mia mostruosa perversità poteva concepire!

Oh come accanto a me appariva ella grande, nella coscienza della propria irreparabile abiezione e nell'austera fierezza del proprio sdegno!

E come invano io annaspava e lottava per distornar dal mio capo la giusta e severa condanna! - Mani e piedi incatenati dovevo, co' miei occhi, assistere al mio perpetuo supplizio!

Perpetuo, mi dicevo. E tuttavia non credevo, non mi risolvevo a credere. - Chi sa! Il pauroso essere ancora non era venuto alla luce. Appena esisteva nel grembo di lei come informe embrione privo di coscienza, e che nulla aveva di umano. Se la Natura, provvida, prima che raggiungesse il suo completo sviluppo, l'avesse distrutto? O se la mano di colei, in un istante di criminosa demenza, si fosse rivolta, per odio a me, contro il frutto delle proprie viscere?

Ma infine un'altra via mi restava: una via obliqua e obbrobriosa, ma facile e sicura.

Il tremendo segreto era posseduto da una sola persona al mondo dopo di me: e costei non era degna di fede!

Impunemente io avrei potuto rinnegar la paternità di quell'essere. Davanti a tutto il mondo avrei potuto giurare, con la fronte levata, senza arrossire, senza battere ciglio. Avrei potuto rimaner l'unico testimone della mia infamia: e vivere, come tanti miseri fanno, stringendo un losco mercato con la propria coscienza.

Chi sa!

Il tempo avrebbe, forse, mitigata l'acre acerbezza di tutte quelle cose. Io mi sarei allontanato da quei luoghi e da lui. Mi sarei ricacciato in braccio all'Arte ed ai miei folli sogni. - O forse, ribellandomi arditamente alla schiavitù di quel selvaggio feroce egoismo a cui avevo fino allora aggiogata la mia esistenza, mi sarei innalzato ad una più nobile visione della Vita: mi sarei tuffato nelle pure e fresche correnti di un sublime ideale altruistico: avrei ad esso votato tutto me stesso: fino all'ultima stilla di sangue: e avrei così ricomprata la mia dignità d'uomo e la mia pace....

Scoccavano le undici, quando mi tolsi di là per incamminarmi verso casa.

La luna, di recente apparsa, spandeva dall'alto dell'opaco azzurro sulla costa e sulla macchia del paese la sua bianca e fredda luce.

Salire su per lo stradone squallido, sotto la bianca e fredda luce; riaprire il cancello stridulo, e ridestar gli echi della villa dormente, doveva essere una cosa carica d'immensa tristezza.

Col piede sul gradino del cancello mi arrestai, la testa nelle mani, esitando.

Poi mi feci animo: sospinsi il battente, traversai, come un ladro, lo spazio ghiaioso, ed affrontai la lunga scala.

La voce del cucùlo che cantava nascosto nel folto dell'oliveto; una folata di vento che passò sul mio capo improvvisa facendo stormire gli alberi; una foglia secca che cadde, roteando, a' miei piedi: tutto ciò mi riempì di spavento. Quando giunsi sul terrazzo, e potei co' miei occhi accertarmi che il sedile sotto il mandorlo era vuoto, respirai.

Già in fondo alla scala avevo trasalito, al pensiero di trovarvi mio fratello immobile, con le mani conserte, come un giudice, a domandarmi ragione!

VII

- Quello che la vostra coscienza vi suggerisce! - proferì la vecchia, intimidita forse dalla ostilità del mio atteggiamento.

Cavai il portafogli, e ne estrassi un grosso biglietto di banca.

- Tenete! - le dissi, senza guardarla, mentre ella sporgeva le mani grifagne.

- Se Dio vuole - ripigliò con l'evidente intenzione di dirmi cosa grata e compensarmi almeno in parte dell'atto generoso - se Dio vuole è un affare che scorre liscio come l'olio. La levatrice m'ha assicurata che non l'allunga fino a domattina. Appena il bimbo sia nato m'incarico io di portarlo all'Ospizio. Nessuno m'ha da vedere, nessuno ne ha da saper niente. Niente chiacchiere, niente pettegolezzi. Susanna strillerà, lei che vorrebbe darselo a balia. Lasciatela strillare. Una volta che la faccenda sia fatta, si adatterà. E se non s'adatterà, tanto peggio per lei. Doveva pensarci due volte, prima di mettersi negli impicci, quella carogna.

- Scusatemi, - ruppi con uno sforzo, levandomi in piedi subitamente, - avrei un impegno...

L'importuna comprese. Si levò anch'essa; fece in fretta le sue scuse e i suoi ringraziamenti, e si avviò.

Io rimasi così ritto fino a che non udii la porta del pianterreno richiudersi con un colpo secco: allora, cadendo sulla seggiola, ebbi la sensazione di piombare in fondo a un pozzo.

- Spaventoso! - pensavo, colla faccia nelle mani.

Come il sole sorgeva il mattino dall'orizzonte, come sul mio tetto i passeri garrivano, come il mandorlo del terrazzo metteva i suoi fiori, - così, naturalmente, necessariamente, inevitabilmente, sarebbe egli venuto alla luce!

Domani, aveva detto tranquillamente la strega.

In qual modo adunque avevo io vissuto fino a ieri? Come avevo, vivente, potuto assistere al precipitare del dramma? Che cosa aveva io fatto per parare il terribile colpo?

Mi passavo una mano sulla fronte ghiacciata; e penavo a rievocare e ricomporre i ricordi, come se una barriera di cent'anni si fosse d'un tratto frapposta tra quel passato e me.

Stoltamente, pazzamente da prima m'ero adoperato a cancellare e disperdere gli ultimi esterni vestigi di rapporti con la sciagurata. Avevo dato a credere a me stesso che, una volta raggiunto quello scopo, mi sarei sentito estraneo a lei ed al temuto avvenimento, - e sarei stato salvo. Parecchi giorni dopo la memorabile scena, ero andato a reclamar le mie lettere, in preda a una straordinaria agitazione, attanagliato dalla paura che con un pretesto ella si rifiutasse; o che - come s'addiceva meglio alla franchezza del suo carattere, - mi dichiarasse di voler tutto serbare per poter a suo tempo portar le prove che mi smascherassero.

Invece, nulla di tutto ciò!

Ella m'aveva semplicemente detto, con un sorriso mordace:

- Tanto, le avrei buttate nel fuoco!

Io avevo allungato la mano rapace, non credendo a me stesso. Le avevo prestamente raccolte e deposte in fondo alla tasca interna della giacchetta. E quando avevo potuto mettere il piede fuori del cancelletto, m'ero dato a scappare di corsa, leggero come un uccello. In capo al molo, alla luce verdastra del fanale, le avevo tutte scorse ad una ad una, - dando di tanto in tanto una sguardata sospettosa intorno. Dipoi, ridotte in minutissimi brani, le avevo strette nel pugno; m'ero calato giù tra le macchie dei massi al mare; m'ero sporto con tutta la vita, avevo aperto il pugno, - ed ero risalito tacito nell'ombra, simile a un malfattore.

Un alito di sollievo aveva sfiorata la mia fronte. Quas'io fossi scampato da un pericolo di morte, avevo provato la sconfinata gioia della salvezza e della vita.

Ma l'indomani, ridestandomi, non era più stato così! Le eccezionali emozioni della sera m'erano parse inesplicabili, incomprensibili. A che poteva giovare - mi dicevo - aver sottratte le lettere, se la mia coscienza, se tutte le cose intorno insorgevan gridando con voci alte e formidabili?

Allora avevo cercato refugio lungi da quei luoghi crudeli, da quelle cose spietate.

A Genova m'ero imbarcato sopra un vapore, per Napoli. Napoli e la sua riviera erano state un sogno della mia prima giovinezza. Chi sa! Forse mi sarei beato ancora negli spettacoli della Natura come a' felici tempi in cui gli ultimi purpurei strascichi d'un tramonto che agonizzasse sul mare, o le perle e i gigli d'un'alba che si alzasse pel cielo fresca e pura come uno zampillo di fonte o come un giulivo canto di vergine; o gl'intatti candori d'una notte attonita di silenzio e di luna, pari a un arcano tempio poggiante sopra colonne di sospiri: - queste semplici cose bastavano a rapire e imparadisar l'anima mia.

Ma troppe corde omai erano stanche di vibrare, in lei!

Napoli e la sua decantata riviera. - Una scialba visione, passata innanzi ai miei occhi senza una parvenza di vaghezza, senza un lampo di seduzione!

E me n'ero tornato a Genova.

Avevo tolto a pigione un quartierino sul porto, dal lato d'occidente, e dato a mio fratello l'annunzio che mi mettevo a lavorare, mentre appena avevo in animo di tentare. Ma poi che m'ero trovato dinanzi alle cartelle bianche, un indicibile sgomento m'aveva assalito. Invano m'ero studiato di risvegliar la mia fantasia, invano avevo chiesto al mio cervello un'idea.

Avevo finito per gettarmi a capofitto nel vortice dei rumori e delle distrazioni cittadine. Avevo voluto stordirmi, visitando un'esposizione d'arte, frequentando assiduamente i teatri e i caffè, annodando effimere amicizie. Una sera ero anche andato a un comizio di popolo. Ed avevo, la prima volta, inteso a parlare dell'infinito cumulo di miserie e di dolori che grava e accascia e atterra la grande maggioranza dell'Umanità. E d'un ideale di Eguaglianza che spuntava, come un grande astro recente, sull'orizzonte della storia, lucente messaggero d'un'êra di Giustizia e di Pace, e d'una Umanità rigenerata. Un ideale che soltanto un manipolo di buoni e di forti osava oggi proclamare e difendere: ma che tutto il mondo in un prossimo avvenire avrebbe riconosciuto e inchinato.

Era un giovane, che parlava; una pallida figura d'asceta: pallida e luminosa.

La sua voce tonava nella sala, veemente e commossa, in un silenzio di tempio. Brividi di consenso attraversavano la folla. E il radioso ideale emergeva, con la sua gran luce abbagliante. E la sospirata Vita si offeriva, leggiadra di armoniche bellezze.

Ero uscito di là col cuore che mi scoppiava. La sera avevo lungamente passeggiato sulle terrazze, meditando ciò che avevo udito, fantasticando, e promettendo a me stesso di togliermi alla colpevole accidiosa inerzia in cui poltrivo, - e iniziare la nuova Vita stringendomi a quel manipolo di buoni, e sposando la loro causa.

E l'indomani avevo voluto conoscere quell'uomo.

Egli era venuto a trovarmi lassù nella mia stanzetta al quarto piano, dove solo il volo delle rondini di quando in quando arrivava con certi gridi prolungati, ebbri anch'essi di azzurro e di sole. E m'aveva stretto la mano come a un fratello, parlandomi a lungo con quella sua voce che pareva una musica, e fissandomi con que' suoi occhi stellanti in cui risplendeva tutta la luce del mondo ch'egli predicava.

- Perchè non scrivi? - m'aveva detto. - Sotto il magico velo dell'Arte l'Idea passa più fulgida di fascino e di bellezza. - Scriverò! - avevo risposto io, col cuore gonfio di tenerezza e di ambascia. Ed avevo avuto un momento di debolezza: ero stato lì lì per prender la sua mano, la mano affilata e rigata di vene azzurre che posava sulla ringhiera, - e confessargli il peso insopportabile del mio passato. - Lassù, dinanzi a quella finestra, a quell'ora, mentre le ultime rose del sole appassivan sulla parte alta della città, e nembi di violette si rovesciavan sul porto, e qualche goccia d'oro cadea brillando sulla nera folla dei vapori.

Erano stati quelli i miei migliori giorni!

A traverso le agitate febbrili letture nelle quali m'ero sprofondato, la mia fantasia s'era eccitata; era tornata fervida ed agile. Nelle lunghe passeggiate notturne avevo ordito la tela d'un nuovo romanzo, in cui avrei a piene mani versati i freschi fiori odorosi della mia fede e le folli candide spume del mio entusiasmo: e m'ero accinto all'opera sorridendo, forte di fiducia e di amore.

Ma d'improvviso, pari a una molla lungamente compressa, era risorto il terribile pensiero flagellatore.

Una sera che m'ero messo, senza disegno, a vagar pe' vicoli della città bassa, sfinito da un'intera giornata di fatica cerebrale, - l'ululo della tramontana era passato sul mio capo con un'ala di spavento. Una voce interiore aveva gridato: - Come puoi vivere quì, mentre l'avvenimento di morte laggiù si matura? - E l'antico gelo m'era sceso nell'ossa. E il pensiero d'una notte di attesa mi aveva atterrito,

Ero come l'infermo che peggiora, e sa di peggiorare, e tuttavia si strugge di scoprire la piaga, mosso dalla irragionevole speranza di potersi trovar di fronte a un miglioramento.

Volevo accertarmi s'ella vivesse ancora. S'ella fosse ancora laggiù. E se il suo corpo recasse già, manifesti, i segni della maternità imminente.

Delirando, pensavo: - Se per isfuggire alla nuova onta ella fosse migrata lontana non lasciando di sè traccia nessuna? O se, presaga delle nuove tempeste che il futuro le addensava sul capo, stanca della vita, fiaccata, si fosse risolta a un estremo atto di disperazione?

Ma l'indomani, nella tormentosa corsa del viaggio, avevo lasciato, ad ogni fermata, un brandello di coteste pazze speranze, E le avevo viste spenzolar sanguinanti al vento, tra le lagrime, mentre mi allontanavo.

A capo chino m'ero avviato a casa, premuto alle calcagna da una paura inenarrabile.

Poi a notte alta m'ero strascinato laggiù, avevo di lontano vista la finestra gialla di luce, e me n'ero tornato via senz'ardire di avvicinarmi, colpito in pieno petto da una pugnalata.

Che cosa dunque sarebbe stato di me s'io l'avessi un giorno incontrata?

Pure anche questo era accaduto!

Un unico pensiero: salvarmi fuggendo. - Ma un bisogno più possente aveva vinto. Ed io m'ero sentito trattenere da una mano di ferro, e cacciare innanzi, come alla morte.

Così l'immagine, più detestabile della morte medesima, mi si era impressa negli occhi. Sempre la vedevo. E pensavo, perduto:

- Che ti rimane oramai?

Un mattino che avevo sorpreso Giovanni nel mio studio e m'ero udito chiedere, con una voce che passava le viscere, l'elemosina d'una parola che gli rivelasse il mistero, - Lasciami! - avevo risposto, - Son scivolato nel fango. E non mi levo più!

Ero come coloro che un morbo incurabile affligge: i quali, pur assistendo al progressivo dilatarsi del male, pur non nutrendo illusioni sul proprio stato e sulla propria sorte, - stanno tuttavia attaccati alla vita perchè quel tenue filo ve li lega ed essi non trovano in sè il coraggio di spezzarlo.

VIII.

Appena restai solo in faccia alla realtà, caddi in un abbattimento mortale.

Ma sulla sera improvvisamente mi levai, pensando che l'ora di agire era venuta.

Ed uscii, e rifeci quella strada, senza un piano prestabilito, senza neppur confusamente sapere a che mirassi.

E arrivai sotto la finestra di fuoco, e tesi gli orecchi, aspettando, con un brivido nelle reni, l'eco d'un vagito.

- Volete salire? - chiese un'ombra accennante verso me.

Io volevo a mia volta muovere una domanda, e non potevo. Battevo i denti, nella febbre.

L'ombra, indovinando, soggiunse:

- La levatrice tornerà prima dell'alba.

Poi replicò:

- Volete forse salire?

Io fuggii.

Un'ora dopo salivo le scale della levatrice.

E attendendo che qualcuno venisse ad aprirmi, mi domandavo se la decisione fosse veramente stata improvvisa o non piuttosto maturata assai prima, nelle più oscure cavità del mio essere, fino dal giorno che avevo incominciato a temere l'evento.

Una fanciulla bionda aperse, con in mano una lucerna a petrolio; e mi fece passare in una piccola sala dov'erano due poltrone, un divano, un tavolo ed uno specchio alto, con mazzi di fiori finti a' lati della cornice dorata. M'invitò ad accomodarmi, posò il lume sul tavolo, ed uscì.

Nell'istante che rimasi solo, alzando a caso gli occhi, mi riconobbi nello specchio, e raccapricciai. - Sono io conscio di me? - pensavo a capo chino.

Una voce gridò:

- Fuggi!

Ed io mi slanciai, per fuggire.

Ma la chiamata stava già davanti a me, sulla soglia.

- Fate andar via questa fanciulla! - pregai, vedendo che la tenera creatura, ritta accanto al tavolo, non si moveva.

Quando fummo soli, ed ella intese ciò ch'io voleva da lei, si turbò forte.

- Chi vi dette questo coraggio?, - mi fece, bianca come un cencio lavato.

- La vita di un minuscolo essere incosciente vale forse la mia? - obiettai.

Ella giunse le mani, esterrefatta.

- Iddio mi guardi!

E soggiunse che la legge infliggeva severissime pene a chi si rendesse reo di quel delitto.

Dopo agitò le mani aperte nell'aria, per iscacciar la peste; e ripetè, con crescente avversione:

- Mai più! Mai più!

Allora me le gettai a' piedi, e le proffersi tutto ciò che possedevo, purchè mi salvasse, mi salvasse.

- Promettetemi! - gridavo piangendo. - Promettetemi!

- Mai più!

- Lasciatemi almeno un filo di speranza!

Cavai dalle mie dita i due preziosi anelli della mamma, strappai la perla dalla mia cravatta: ogni cosa le deposi in grembo.

- Maria Vergine aiutami! - combatteva ella, con le mani nei capelli.

- Non temete! Dirò al giudice che vi costrinsi a viva forza. Il castigo cadrà tutto su me!

- Andate! Andate!

Mi alzai, e presi quelle mani.

- La mia vita dipende da voi!

Ella si svincolò, e si ricoperse la faccia, singhiozzando.

- Sull'alba ritornerò!

- Ch'io non vi veda più!

- Tornerò, - gridai, fuori di me. - Pensate che in casa ho un'arma. Che cosa volete ch'io faccia?

Ella scoteva il capo, sempre singhiozzando.

- Promettetemi almeno che tenterete!

- Tenterò! Lasciatemi!

Io uscii.

E andai, nella notte, molte ore, con le gambe spezzate.

Perseguitato da un grido atroce, pensavo: - Egli avrà appena forza di mettere un vagito: un vagito soffocato che nessuno udirà. - Eppure il grido mi feriva ancora!

Più tardi, verso l'alba, un'immagine di adolescente da' capelli bruni m'era entrata nella mente, incutendomi un gran terrore. - Non vivrà! - pensavo. - Non sarà mai un adolescente. - E tuttavia l'immagine viveva. Invano mi affannavo a distruggerla. Rinasceva con le medesime fattezze, co' medesimi riccioli bruni. E il mio terrore cresceva!

Dappertutto la ritrovavo, e la riconoscevo. Inutile fuggire: mi teneva dietro sorridendo, mentre io fuggiva con ribrezzo. Quel sorriso! Mi velavo gli occhi: e lo vedevo ancora, tra i brividi.

Sull'alba risalii quella scala, picchiai di nuovo a quell'uscio.

Ricomparve la ragazza bionda col lume.

- Tua madre?

L'aspettata irruppe, pallida come la morte.

Io le afferrai un braccio. Sospeso tra la morte e la vita gridai:

- Ebbene?

- Ah perdonatemi! - scoppiò. - Ci vorrebbe un cuore di tigre! Se vedeste che bel bambino!

... Quando riapersi gli occhi, la lucerna era spenta; e la bianca luce mattutina penetrava per l'unica finestra, rischiarando il profilo dell'estranea, che mi vegliava.

Io mi levai, e mi avviai; sulla soglia ritirai come dalle spire d'un serpe la mano ch'ella mi teneva fra le sue, e ridiscesi.

Tre volte, andando, mi rivolsi a vedere chi m'inseguisse. Tre volte mi dissi ch'era l'eco de' miei passi che risonavan sul selciato della via vuota come una tomba.

Davanti al piccolo cancello pensai:

- A che questo supremo strazio?

Ma più di mille braccia mi sforzarono.

E salii, ed entrai.

E vidi, con questi occhi.

La culla di là del letto; e in mezzo al bianco, sotto il velo, la macchia rossastra.

Chi mi spinse sulla culla? Chi mi curvò sovr'essa? Chi alzò quel velo?

Orribile!

E una voce pregò:

- Bacialo!

Ed io mi chinai; e lo baciai.

Ebbi ancora la forza di rialzarmi, di stringere una mano che nell'aria mi si tendeva, e di scendere quelle scale.

Fuori l'aurora saliva, lasciando cader fasci di rose sulle cose che si risvegliavan sorridendo.

Ed io pensava, incamminandomi, che era forse quello l'ultimo loro sorriso.

FINE.